Como o Botafogo conquistou a China

Como o Botafogo conquistou a China

Bruno Porto

ímã

Para Artur Porto, Xangaifoguense de berço.

1942
8 DE DEZEMBRO
1943
O MARCO GLO-
RIOSO NA VIDA
DESPORTIVA
DO BRASIL!

Prefácio

Coincidências históricas não são surpresa quando se envolve o Botafogo de Futebol e Regatas. Todo torcedor alvinegro sabe disso, de cor e salteado, desde criancinha. Poucos, porém, se deram ao trabalho de traçar em linhas claras – se é que perceberam – o alcance deste sonho de meninos adolescentes do início do século passado.

O designer gráfico e professor de artes visuais Bruno Porto enxergou isso durante o clarear de uma de suas muitas manhãs em uma sala de aula na Zona Sul carioca.

Atento e com a sensibilidade aguçada daqueles que nasceram para o *métier*, Bruno se viu de repente envolto num turbilhão de sinais que uniam o Botafogo à sua vida: a estrela que brilhava no horizonte pouco acima dos prédios da Lagoa Rodrigo de Freitas; os barcos alvinegros e seus remos usando as pás como telas para fazer saltar a estrela solitária; a capa do álbum de John Lennon, que ensaiara com o grupo de *surf music* the droppin'Sides na noite anterior; o convite para lecionar em Xangai, de onde saiu boa parte da pólvora que alimentou os canhões portugueses do Galeão São João Baptista, apelidado "Botafogo"; e as nuvens, que, ao melhor estilo Carlito Rocha, tinham sido "sopradas" do Cristo Redentor naquela manhã.

Tudo ali fez sentido. Afinal de contas, o Botafogo foi criado em uma sala de aula. Era preciso contar essas e muitas outras histórias que pareciam ter sido feitas para o único clube que traz em seu emblema a harmonia perfeita. O Botafogo ultrapassa o limite da nossa imaginação, e Bruno Porto deixa isso claro para quem enxerga o facho de luz.

Roby Porto
Rio de Janeiro, abril de 2014

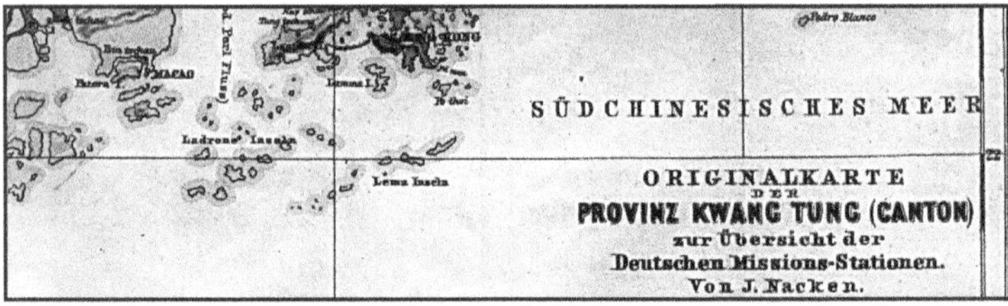
MACAO
Ladrone Inseln
Lema Inseln
Pedro Blanco
SÜDCHINESISCHES MEER
ORIGINALKARTE
DER
PROVINZ KWANG TUNG (CANTON)
zur Übersicht der
Deutschen Missions-Stationen.
Von J. Nacken.

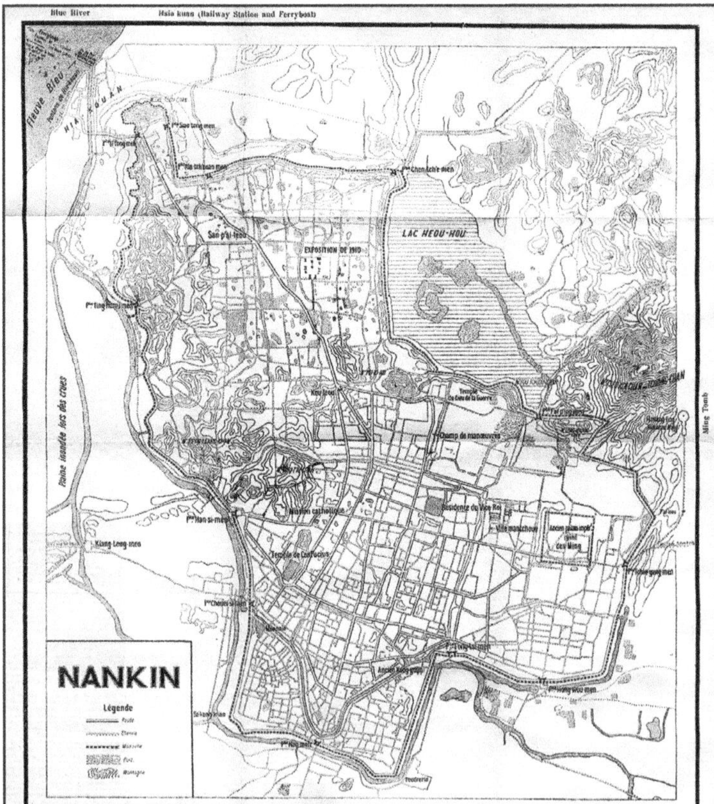
Blue River
Hsia kuan (Railway Station and Ferryboat)
Fleuve Bleu
LAC HEOU-HOU
San-p'ai-leou
EXPOSITION DE 1910
Champ de manœuvres
Mission catholique
Résidence du Vice Roi
Ville mandchoue
Temple de Confucius
Kiang-Leng-men
Plaine inondée lors des crues
Ming Tomb
NANKIN
Légende
Guides Madrolle
Georges Huré

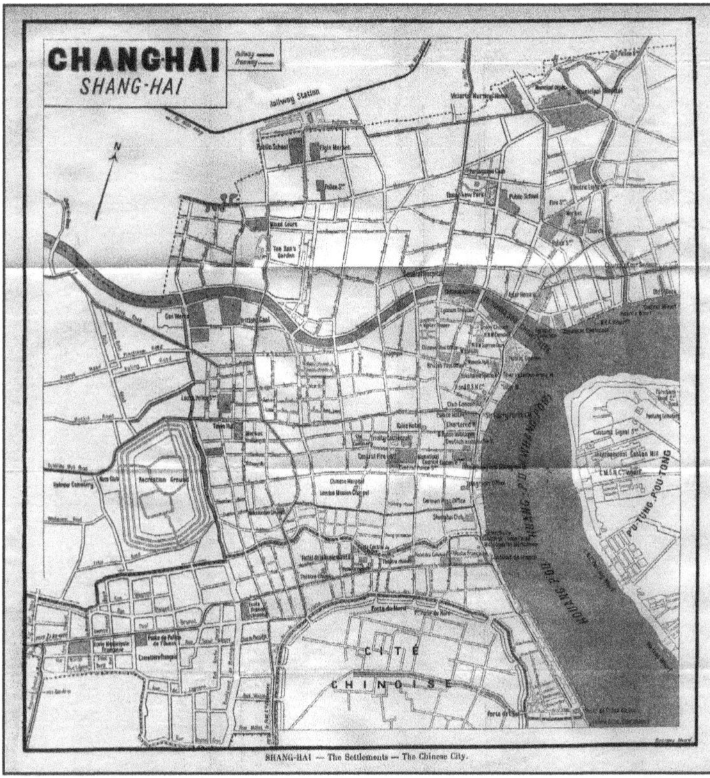

Baseado em fatos verossímeis.

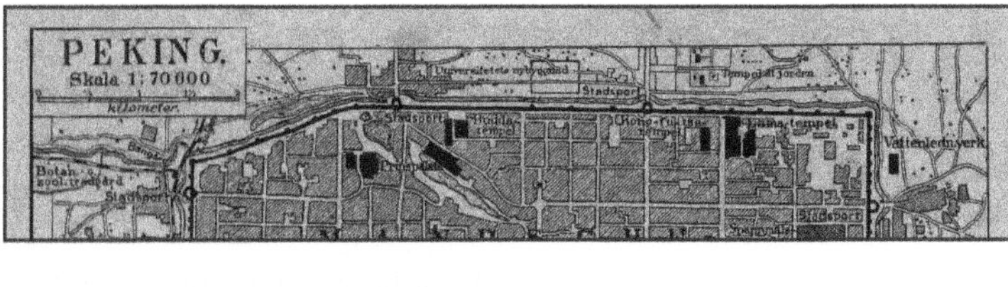

CATHAY
国泰电影院

Prólogo

Chovia copiosamente em Xangai na noite de 19 de junho de 2012. Mesmo assim, a fila no cinema Cathay ocupava toda a calçada de ambos os lados da esquina da arborizada Mao Min Road com a luxuosa Huai Hai Road, equivalente chinesa à Quinta Avenida de Nova York, repleta de lojas de grifes ocidentais. Raras vezes desde sua inauguração em 1932 o antigo teatro e atual cinema multiplex — cuja fachada art déco original fora acrescida de indefectíveis neons multicoloridos dos clichês asiáticos — recebera tamanha multidão. E me refiro a padrões chineses de multidão.

A cena deixava estrangeiros e locais boquiabertos, não tanto pela quantidade de guarda-chuvas e capas plásticas coloridas, mas pelo fato de todos estarem ordeiramente em fila, um conceito que mesmo na principal megalópole do país ainda não foi realmente adotado.

Que filme poderia causar esta comoção em um povo que diariamente dribla os altos preços da entrada dos cinemas com uma fartura de DVDs piratas vendidos em confortáveis lojas oficiais por menos de dois dólares?

O senhor de meia idade sorri dentes marrons diante da pergunta e esclarece, apontando seus dedos ossudos para um grande cartaz exposto na entrada do cinema com a foto do ator Rodrigo Santoro sobre os caracteres 球场情圣埃莱诺:

— *Ailainuó! Bóka-fugâ-de Ailainuó!*

Ailainuó, "Heleno".

Bóka-fugâ-de Ailainuó, "Heleno do Botafogo".

O filme *Heleno, o Príncipe Maldito* dirigido pelo carioca José Henrique Fonseca no ano anterior, era exibido no 15º

Festival Internacional do Cinema de Xangai, entre os dias 15 e 23. Na comportada fila, papeando sem parar, adolescentes com cabelos descoloridos e velhinhos encurvados tinham algo em comum: todos faziam parte da Xangai Fogo 上海火, a maior torcida de um time de futebol estrangeiro na China. Segundo estimativas de 2009 do jornal *Shanghai Daily*, são 618,83 milhões de torcedores sino-alvinegros, dos quais cerca de 8 milhões estão em Xangai. Ou seja, mais de um terço da população torce pelo Botafogo de Futebol e Regatas. Em termos percentuais, isso perde apenas para a proporção de "torcedores ou simpatizantes" do Alvinegro de General Severiano residentes na cidade de Nanjing, como foi registrado pelo semanário esportivo *Titan Zhoubao* 体坛周报 em 2005 — 69,6% entre os mais de 8 milhões de habitantes são botafoguenses.

Como explicar este fascínio chinês pela Estrela Solitária?

Capítulo 1

Em 1930, Nanjing (Nanquim) era uma cidade beirando um milhão de habitantes, e, pela sétima vez desde 229 aC., capital da China. Em mandarim, *Nan* significa "sul" e *Bei* quer dizer "norte". *Jing* (ou *King*, em cantonês) é a palavra para "Capital". Daí Nanjing e Beijing: capitual do sul e capital do norte. Foi por ser capital da China que a cidade batizou a tinta negra que no Brasil conhece-se por "nanquim" ("China ink" em inglês e "Tinta china" em espanhol").

Embora não seja tão cosmopolita quanto Xangai — que em 1932 era o maior porto da Ásia, residência de 70.000 estrangeiros, quinta maior cidade do mundo —, Nanjing tinha sua parcela de estrangeiros. Muitos deles jovens aventureiros que haviam deixado o Velho Mundo em busca de oportunidades, riquezas e exóticos prazeres, cortesãs e o ópio.

Entre eles estava o inglês David Crow, de Manchester, que desembarcou em Xangai em Novembro de 1927 e tomou a Rota da Seda até Nanjing, desempenhando a função de grumete, cozinheiro, pintor de paredes e placas, vendedor de chá, assistente de alfaiate, afinador de pianos e negociante de porcelana e seda. Crow é tido como o fundador do Nanking Football Club que, em sua primeira composição, contaria com quatro ingleses, três indianos, dois franceses, um italiano, um português, um peruano, um coreano e nove chineses, provenientes das redondezas e de cidades como Xangai, Hangzhou, Chungking (Chongqing) e Pequim. Nos parcos registros que sobreviveram aos massacres impetrados pelos japoneses após 1937, não ficam claras as atribuições dos membros do clube, ou se suas participações limitavam-se às peladas disputadas animadamente em um campo próximo ao Jardim Botânico de Nanjing (o Jardim Botânico Memorial Sun Yat-Sen, em homenagem ao pioneiro da Revolução Democrática de 1911).

A data exata da fundação do Nanking Football Club também é cercada de dúvidas, embora saiba-se que o primeiro jogo uniformizado tenha se dado em 6 de junho de 1930, contra uma equipe da cervejaria Ewo. Fato é que o uniforme do time já era composto por "uma camisola branca de mangas curtas com listras pretas, e porque os estatutos do clube assim o estabelecem, ou preta de mangas compridas com listras brancas, à maneira do [time italiano] Juventus de Turim, porém com uma única estrela branca na altura do coração", segundo a carta do português Manoel Gonçalves Ferreira a sua família, que residia em Macau. Os pais de Manoel haviam deixado o Porto pela colônia portuguesa ao sul da China, quatro anos antes. Seu pai era o funcionário do governo português responsável pelo Tombo — a emissão de documentos oficiais de compra e venda de terras na colônia. O jovem Manoel fora educado com as mesmas perspectivas, tendo estudado na Escola Colonial, e posteriormente se formado pela Universidade de Yale. Entre estas duas fases acadêmicas, viveu por alguns anos em Nagasaki no Japão, e entre Xangai, Pequim e Nanjing. Em sua carta de 29 de agosto de 1930, desvenda um dos motivos que tanto beneficiaria o Glorioso de General Severiano naquele ermo do planeta: "As equipas daqui são compostas exclusivamente por europeus ou, algumas poucas, por filhos da terra [chineses]". Concorria para isso a separação entre *laowai* (estrangeiros, ocupantes) e locais na república Chinesa antes de Mao, além do choque de idioma e costumes. "Nosso Nanking Football Club é o único time que congrega ocidentais e orientais".

蘭

Com este festival de culturas e idiomas — onde se destacavam o dialeto local da região (Jianghuai) e a *lingua franca*, o inglês mal falado — o Nanking Football Club não primava exatamente pela organização. O veterano jornalista esportivo e escritor Liu Zhongxian, natural da cidade, revela que o principal motivo de suas derrotas era a ausência de jogadores nas partidas, obrigando o time a jogar desfalcado de três, quatro ou mesmo seis atletas. Como todo time amador, havia compromissos profissionais e pessoais que ocasionalmente impediam a presença de um ou outro, mas a verdade é que muitos simplesmente não compreendiam quando e onde se realizariam as partidas, frequentemente se apresentando para jogar nos lugares ou dias errados.

Entretanto, onde quer que jogasse, o Nanking Football Club sempre contava com a maior e mais animada torcida, justamente por reunir diversas nacionalidades. Há mesmo relatos de torcedores substituindo jogadores ausentes ou machucados, quando o time adversário — sempre etnicamente homogêneo, fosse asiático ou caucasiano — não notava a diferença. "*All laowai look alike*", comentavam os jogadores locais. "Todo gringo se parece".

Nos registros da FIFA consta que três jogadores do Nanking Football Club estavam na seleção chinesa de futebol, fundada em 1924, quando esta integrou a Federação Internacional de Associações de Futebol em 1931. Um deles, que demonstrava razoável talento na lateral esquerda, chamava-se Ping Li.

Nascido em 1912 em Hangzhou, cidade vizinha a Xangai, que teria sido apelidada por Marco Polo de "Veneza da China", Ping Li era o segundo filho do conhecido alfaiate Ping Xu. Seu pai comandara um verdadeiro exército de costureiros responsáveis pelos trajes de gala das consortes imperiais desde a década de 1880 até o último imperador da China, Pu Yi, abdicar, justamente no ano que em que Ping Li nasceu. Apesar de ter aprendido o ofício de seu pai, Ping Li foi naturalmente preterido pelo seu irmão mais velho no pequeno ateliê que seu pai montaria em Pequim.

Li foi enviado ainda adolescente a Nanjing para estudar caligrafia e lá rapidamente se encantou pelo animado esporte "bretão", praticado pelos comerciantes europeus após a hora do chá. Daí para o escrete do Nanking Football Club foi um pulo. Defendeu as listras alvinegras da Estrela de Nanjing por seis anos — e integrou a irregular seleção chinesa por quatro — até uma lesão no joelho obrigá-lo a afastar-se dos campos. Assumiu a profissão do pai prestando serviços de alfaiataria e costuras para empresários estrangeiros da cidade. Alguns anos depois, quando Ping Xu faleceu, Ping Li retornou a Pequim onde tornou-se sócio do irmão, esqueceu a caligrafia e, por um tempo, o futebol.

A partir da invasão da China pelos Japoneses — a chamada Segunda Guerra Sino-Japonesa, que durou de 1937 ao final da Segunda Guerra Mundial — não há mais registros do Nanking Football Club. Acredita-se que a maioria dos jogadores estrangeiros tenha retornado aos seus países — a Europa entraria em guerra em seguida — enquanto os chineses estiveram mais preocupados em resistir ao jugo nipônico. Há, entretanto, referências em jornais e programas de rádio a times amadores — e mesmo a um profissional, o fugaz Harbin Zuqiu Julebu 哈尔滨足球俱乐部 (que durou de novembro de 1940 a abril de 1941) — em províncias como Anhui, Gansu, Hainan, Jiangxi, Shaanxi, Sichuan, Yunnan e Zhejiang, trajando um uniforme de listras pretas e brancas com uma estrela branca no peito. Desta forma, o legado que os ex-jogadores e torcedores do Nanking Football Club deixaram, de uma cordial e vitoriosa convivência multicultural, ficaria gravado no coletivo do povo chinês.

Capítulo 2

A entrada do exército comunista de Mao Zedong (Mao Tsé-tung) em Pequim em janeiro de 1949 é vista como o marco final da Guerra Civil Chinesa iniciada em 1946, embora os conflitos entre forças chinesas nacionalistas e comunistas ainda tenham continuado ao longo de todo aquele ano. Tendo limpado os cofres e museus do país, o grosso das tropas e membros do governo nacionalista de Chiang Kai-shek já se havia se retirado para Formosa (Taiwan) permitindo que tudo ocorresse sem derramamento de sangue, o que deixou a rotina da cidade relativamente inalterada. Os maltrapilhos revolucionários comunistas se estabeleceram calmamente pelas calçadas da cidade. Mao havia dado ordens para que não incomodassem os moradores, e as obedientes e cansadas tropas se limitavam a pedir água e eventualmente um pouco de comida. Após a ocupação de Xangai, em maio, o governo comunista tratou de botar a imensa casa em ordem. Para ser bem sucedido deveria começar mostrando, tanto para dentro como para fora da Grande Muralha, quem é que mandava no pedaço: era primordial apagar o sol da bandeira nacionalista, substituindo-o por uma eficiente imagem tão ou mais pregnante.

Em junho foi aberto um grande concurso nacional para escolher a nova bandeira do país. A decisão seria anunciada durante a Conferência de Consultas às Novas Políticas, a ser realizada em setembro em Pequim. Um dos milhares de chineses a se entusiasmar foi o contador Zeng Liansong, funcionário de uma agência de notícias econômicas do Partido Comunista em Xangai. Veterano da Segunda Guerra

Mundial, onde lutou contra os japoneses, era um patriota. O renascimento do seu país bem diante de seus olhos, depois de mais de uma década de luta, o deixava esperançoso pelo que estava por vir. "Eu nunca havia feito nada relacionado a design gráfico antes", disse ele pouco antes de morrer, em 1999, aos 82 anos. "Acho que o que me fez ousar foi uma alegria que enchia meu coração e um imenso entusiasmo patriótico". O *briefing* destacava apenas quatro tópicos: a bandeira deveria possuir características chinesas; deveria ser forte; deveria ser retangular; e ter como cor principal o vermelho.

Mesmo não havendo orientação para uso da estrela na composição da nova bandeira, esta figurava em muitas das 2.992 propostas enviadas dos quatro cantos da China no início de agosto. Símbolo-mor do comunismo desde o início do século passado, o número de pontas da estrela era interpretado como uma representação tanto dos cinco continentes (por onde o movimento ideológico deveria se espalhar) quanto da mão (do trabalhador) – afinal, dizia Karl Marx, operários não têm pátria. Era natural que Zeng Liansong escolhesse uma estrela como elemento de destaque de sua proposta, e a posicionasse estrategicamente onde o sol da bandeira nacionalista estava, o canto superior esquerdo. Recortou estrelas em papéis de diferentes cores e colocou-as sobre uma toalha vermelha. Por muitas noites quentes do mês de julho, experimentou estrelas azuis, verdes, vermelhas, pretas, roxas, laranjas, até que o contraste da amarela com o fundo vermelho deixou-o satisfeito. "Afinal, a nova China pertence ao povo amarelo!", concluiu. Restava-lhe o desafio de representar uma população tão grande — em 1949 já eram mais de 500 milhões de pessoas — quanto heterogênea, composta por dezenas de etnias e mais de duas centenas de dialetos.

Acontece que Zeng Liansong, nascido em 1917 na província de Zhejiang, conhecia o Nanking Football Club dos anos em que estudara economia na Universidade Central Nacional (depois rebatizada como Universidade de Nanjing). "Ao pensar nas diferenças que formariam o novo país, lembrei-me da equipe esportiva que foi capaz de transformar grande diversidade em união", declarou. "Como em um time de futebol, não importava quem eram ou de onde vinham: cada um teria seu papel". Acrescentou quatro estrelas amarelas que representariam o que acreditava serem as figuras chaves para a República Popular da China: o soldado, o fazendeiro, o operário e o intelectual. Para diferenciar os símbolos de País e de Povo, fez a primeira estrela um pouco maior. E como semiótica pouca é bobagem, colocou uma foice e um martelo dentro desta, para deixar bem explícita sua relação com o Partido Comunista.

A bandeira de Zeng Liansong foi uma das 38 finalistas selecionadas em 15 de agosto de 1949. A grande maioria possuía fundo vermelho. Muitas apresentavam estrelas amarelas, centralizadas ou mesmo no canto esquerdo superior. Algumas tinham foices-e-martelos. Nenhuma outra tinha quatro estrelas rodeando uma estrela grande.

Um mês depois, durante a Conferência de Consultas às Novas Políticas, dezoito jurados, entre os quais Mao Zedong, estavam indecisos entre a bandeira de Zeng Liansong e uma outra muito semelhante. Também de fundo vermelho e grande estrela amarela no canto superior esquerdo, a concorrente se diferenciava por duas linhas horizontais amarelas ao centro, representando os rios Yalu e Yangtze. Mao Zedong estava mais inclinado a esta, uma vez que a água é um elemento vital na cultura e folclore chineses. Contra ela argumentava-se que poderia sugerir que a China estaria dividida. No dia 25 de setembro, treze jurados elegeram, finalmente, a Bandeira Vermelha das Cinco Estrelas, como passou a ser conhecida. Mao, entretanto, em um rompante de bom senso de fazer inveja aos responsáveis pelo lema positivista da bandeira brasileira, mandou remover a foice-e-martelo. Incorporando Ludwig Mies van der Rohe, o líder chinês teria dito que com menos detalhes poderiam fazer mais bandeiras, mais baratas, e mais rapidamente: "Com menos faz-se mais".

O projeto modificado foi levado ao Comitê Central do Partido Comunista da China dois dias depois, e aprovado unanimemente. Cópias do desenho foram distribuídas para a imprensa e a primeira bandeira foi hasteada em 1º de outubro de 1949 em um mastro na Praça da Paz Celestial, marcando a fundação da República do Povo da China. Seu primeiro designer, Zeng Liansong, foi convidado por telegrama para ir a Pequim assistir a cerimônia e receber um prêmio de 500 Yuan Novos, equivalente ao preço de vinte e cinco bicicletas da marca 飞鸽 Fēigē.

Mesmo com todas essas novidades, a rotina da cidade se mantinha imperturbável. O alfaiate Ping Li acordou como sempre às cinco da manhã. Tomou seu chá, e saiu caminhando pelo pequeno distrito de Chongwen rumo ao seu ateliê. Por entre as apertadas vielas dos *hutongs*, desceu calmamente a Chongwenmen Wai Dajie até uma pequena praça que mal despertava, com crianças ajudando seus pais a montarem suas barraquinhas de comida ou jornais. Lá se encontrou-se com alguns camaradas e, agachados, fumaram um cigarro Shihtai. Uma surrada bola de couro acinzentado surgiu de dentro de uma sacola e os homens começaram uma linha de passe entre piadas e tragadas. Alguns arriscavam uma firula a mais, uma embaixadinha, mas a pelota não colaborava.

Um jovem soldado comunista que os observava se aproximou e com um sorriso de poucos dentes juntou-se ao grupo. Mostrando mais intimidade com a redonda, fazia voleios com os dois pés e chegou mesmo a levantá-la ao peito. Os outros se mostravam encantados com o domínio do forasteiro e o aplaudiam como crianças em festa de aniversário. Um tanto enciumado com a atenção dada ao intruso, Ping Li arregaçou as barras das calças, revelando meias cinzas de tão encardidas, e tirou o casaco que lhe limitava os movimentos. Por baixo, vestia a camisa preta de mangas compridas com listras brancas e uma estrela branca bordada no lado esquerdo do peito, seu uniforme do Nanking Football Club de quase duas décadas atrás. Os amigos e o soldado soltaram expressões de alegria, se entreolhando surpresos pela novidade que se apresentava. "*Uma camisa do Nanking Football Club*", murmurou um. "*A Estrela de Nanjing*", exclamou outro. Compenetrado, Ping Li dominou a bola, levantou-a com o peito do pé e alternando as finas canelas cobertas com as meias cinzentas fez uma série de embaixadas, modesta para os atuais padrões futebolísticos, mas que causou assombro naquele início de manhã. Talvez tivesse chegado a dez se não fosse o grito rouco que rasgou a praça e fez todas as conversas cessarem imediatamente.

De forma assustadora, um estrangeiro grandalhão corria desabalado rumo ao grupo, movimentando os enormes braços como se fosse voar, gritando:

— ***Ôôôôôôôôôôôô!***

Todos se entreolharam sem saber o que fazer. O soldado se preparou para a possibilidade de sair na mão com o demônio branco de olhos injetados e não se perdoou por ter deixado sua faca com os companheiros de pelotão. O louco se aproximou desviando-se de pessoas, bicicletas e o que mais estivesse pela frente, e perceberam que sorria.

Ignorando os demais, o *laowai* foi até Ping Li, segurou-o pelos dois braços e entusiasmadamente passou a lhe falar coisas que o ex-jogador de futebol desconhecia. Apesar de abatido e muito magro (para os padrões de um estrangeiro), o homem estava feliz, e isso lhe tranquilizou. O alfaiate abriu um tímido sorriso, acenando com a cabeça como que concordando — e recebendo em seguida, para espanto de todos, um eufórico abraço de João Saldanha.

Capítulo 3

João Saldanha havia fugido do Brasil em abril de 1949, após um violento confronto na sede da União Nacional dos Estudantes envolvendo os participantes do 1º Congresso Brasileiro de Defesa da Paz e a polícia anticomunista do presidente Eurico Gaspar Dutra. Na confusão, Saldanha foi baleado nas costas, à queima roupa, e a bala se alojou na pleura do pulmão direito. Foi levado ao Hospital Souza Aguiar e lá mantido sob vigilância policial. Mas antes de ser operado, aproveitou a distração do policial que o vigiava, saiu por uma janela, pulou um muro, passou por dentro da agência funerária vizinha ao hospital e tomou um táxi para a casa de um amigo. Lá chamou um médico que retirou a bala com anestesia local.

Não podendo voltar para casa, pediu para avisarem no Botafogo — onde era subdiretor de futebol, em excelente fase após a conquista do Campeonato Carioca de 1948 — que iria sumir por uns tempos. Saiu pela Argentina, passou pelo Chile, dali para o México, de onde embarcou rumo à França, passando pela Espanha. Em Paris colaborou com uma agência italiana de notícias para a qual já havia feito uma série de reportagens, três anos antes, sobre a Polônia, Alemanha e URSS no pós-Segunda Guerra. Recebeu a incumbência de cobrir os desdobramenos da vitória do exército de Mao Zedong e partiu, via Praga, para Moscou, onde tomou com outros jornalistas o Expresso Transiberiano. Por cruzar zonas de conflito, a viagem de pouco mais de seis mil quilômetros foi bem mais lenta que o previsto, com paradas no meio da Sibéria que levavam dias. Quando finalmente entrou na

China, passou por cidades do norte e nordeste que haviam atravessado a Guerra Civil de formas distintas: enquanto Harbin e Shenyang (na época, Mukden), capitais da província de Heilongjiang e Liaoning, estavam praticamente intactas, outras como Changchun, capital da província de Jilin, se encontravam bem destruídas. Chegou a Pequim no dia 2 de outubro de 1949, um dia após a fundação oficial da República Popular da China.

Naquela manhã acordou cedo e resolveu bater perna pela cidade com dois dos intérpretes que acompanhavam o grupo. Achou que estava sonhando quando viu, ao longe, um chinês usando o uniforme do seu Botafogo e não se conteve. Com muita mímica e a ajuda dos intérpretes, procurou explicar ao sino-botafoguense o motivo de sua animação. E desandou a falar. Falou por dias para Ping Li e seus amigos, e para quem mais ouvisse, sobre o Botafogo de Futebol e Regatas. Contou em detalhes sobre os ídolos Quarentinha, Heleno de Freitas e Carvalho Leite, sobre a conquista do tetracampeonato carioca de 1932 a 1935, sobre a união dos clubes de remo e futebol, sobre o escudo da estrela solitária, sobre a conquista do campeonato carioca no ano anterior, sobre os mascotes Pato Donald e Biriba. Os intérpretes encararam heroicamente o desafio de transportar conceitos e novidades que soavam alienígenas para os chineses. E conseguiram. Suas histórias e principalmente sua emoção comoveram o alfaiate e seus amigos, cada vez mais numerosos nas rodas que se criaram durante os dias que ficou em Pequim. Mesmo ressabiados com estrangeiros de uma forma geral, ficaram seduzidos pelo que aquele *laowai* contava: havia, em algum lugar do mundo, uma equipe de futebol semelhante ao mítico Nanking Football Club que trazia felicidade a muitas pessoas. Assim como nos discursos de Mao Zedong, não havia distinção de etnia, classe social ou origem. Seus jogadores e torcedores eram médicos e operários, pobres e ricos, cultos e analfabetos, estudantes e professores — e todos se uniam ao redor de uma alvinegra estrela solitária.

Mesmo arriscando ser preso, João Saldanha voltaria ao Brasil em 1950 para assistir ao vivo a fatídica Copa do Mundo, retornando em seguida para a Europa. Em setembro recebeu em Londres o convite da Federação Mundial da Juventude Democrática para participar do primeiro aniversário da revolução chinesa em outubro, e retornou a Pequim. Levou em sua mala recortes de jornais, flâmulas, bandeiras e algumas camisas do Botafogo com que presentearia Ping Li e seu filho Ping Hu. Não se arriscou a mencionar o Botafogo a Mao Zedong — que fez questão de cumprimentar os jornalistas estrangeiros um a um durante a celebração — mas conseguiu enviar-lhe, por intermédio dos jornalistas e do vice Liu Shaoqi, uma camisa alvinegra com o número 8, que na China simboliza a Prosperidade.

João nunca ficaria sabendo se o presente chegou de fato às mãos de Mao: no dia seguinte à festa, 2 de outubro, foi operado do apêndice no Hospital de Pequim, onde ficou por algumas semanas. Quando Ping Li descobriu que seu amigo brasileiro estava internado, passou a visitar-lhe diariamente. Quando João Saldanha conseguiu alta, Ping Li organizou uma apresentação especial de Ópera Chinesa em sua homenagem em Hopei, súburbio de Pequim. Os irritantes guinchos — não há outra maneira de descrever uma ópera chinesa popular — do espetáculo quase levam João de volta ao hospital. "Mais vinte minutos e eu confessava tudo", brincou. Agora na função de acompanhar a entrada da China na Guerra da Coreia, que começara a se desenrolar, João ficou mais algum tempo em Pequim. Também visitou Xangai e Guangzhou — respectivamente, a primeira e terceira maiores cidades do país — antes de retornar à França, e, por fim, ao Brasil.

Mal sabia ele que havia plantado a semente daquela que um dia seria a maior torcida de futebol do planeta.

Capítulo 5

A boa atuação do Botafogo durante as décadas de 1950 e 1960 — quando conquistou um campeonato nacional, três regionais, treze estaduais e onze internacionais — passou a ser relatada em cartas repletas de recortes dos jornais *O Globo*, *Gazeta Esportiva*, *Jornal dos Sports* e *Jornal do Brasil*, que João Saldanha enviava religiosamente — ou, antes, ateiamente — para Ping Li. Tudo em português, claro. Este por sua vez, retrucava em chinês, com menos assiduidade, por conta do custo da postagem. O chinês contava com um vizinho nascido em Macau para ler a correspondência do amigo, mas pelas respostas e comentários, pouco se perdia na tradução. Já João arrumara um rapaz chinês em Copacabana, apelidado por ele de Nelson Xu, para traduzir as cartas de Li. Nelson, nascido em Taipei, trabalhava em uma padaria na Rua Siqueira Campos, e havia fugido para o Brasil com os pais durante a Segunda Guerra Mundial. O jovem traduzia as cartas que chegavam lendo-as em voz alta para João, e escrevia o endereço de Ping Li em sinogramas nos envelopes que o jornalista postava.

Não há como determinar que João tenha tomado conhecimento, mas as traduções das reportagens e comentários que enviava eram editadas e resumidas pelos Ping e repassadas a um ex-colega futebolista dos anos em que Li atuara na Seleção Chinesa. Após largar os campos, o xangainês Wang Xiaochuan havia se tornado poeta e, por ordem do Partido Comunista, jornalista. Ele publicava as cartas, alternada ou simultaneamente, em cinco periódicos: nos populares 新民晚报 *Xinmin Wanbao* de Xangai e 北京日报 *Beijing Ribao*; nos veículos oficiais do partido comunista em Pequim e Xangai, respectivamente 北京青年报 *Beijing Qingnianbao* e 解放日报 *Jiefang Ribao*, leitura obrigatória nas escolas e orgãos públicos; e nas edições de fim de semana do 文匯報 *Wen Wei Po*, diário que circulava em Hong Kong e Macau com notícias da China continental. Não se sabe se por obra de Ping Li ou de Wang Xiaochuan (ou, quem sabe?, do próprio Saldanha), o nosso Alvinegro de General Severiano, A Estrela Solitária, O Glorioso, passou a receber alcunhas como o "Nanking Football Club do Brasil", "A Estrela dos Trópicos" e "O Fogo Preto e Branco". Desta forma, a China passava a ter o Botafogo de Futebol e Regatas como sinônimo de futebol ocidental.

Mas se os anos 1950 e 1960 foram bons para o Botafogo F.R. o mesmo não pode ser dito sobre a recém inaugurada República Popular da China. Ainda não recuperado do imenso estrago social e financeiro causado por três guerras quase em sequência, de 1937 a 1949, o país se envolveu na Guerra da Coreia (1950-1953). Neutro no início do conflito, a entrada das forças da ONU na Coreia do Norte próximas ao rio Yalu (que serve de fronteira entre os dois países) levou Mao a ordenar a intervenção do Exército Popular de Libertação em apoio ao regime norte-coreano. A vitória custou a vida de cerca de um milhão de chineses em solo coreano, incluindo o filho primogênito de Mao Zedong, Mao Anying.

A isto somem-se desastrosas decisões políticas que dizimaram a China em seu corpo e alma. Entre elas a dantesca iniciativa do Grande Salto Adiante (1958-1960) que deveria industrializar a China amparada pelo aumento da produção rural, mas que tragicamente culminou com 40 milhões de chineses literalmente mortos de fome. Esta e outras sérias derrapadas levaram um encurralado Mao Zedong a promover a partir de 1966 a catastrófica Revolução Cultural, isolando a China do mundo, arruinando seu sistema de ensino e ceifando milhares de vidas, em um clima de terror que deixaria marcas profundas nos chineses.

Fazendo jus a expressão local "ópio do povo", a verdade é que as boas notícias do time brasileiro traziam alegria e um pouco de esperança para uma quantidade cada vez maior de chineses. Através das notícias geradas a partir das cartas de João Saldanha, a China aos poucos se familiarizava — e se emocionava — com os feitos de Nilton Santos, Quarentinha, Didi, Amarildo e Garrincha.

Ping Li e seu filho pré-adolescente Ping Hu foram os responsáveis pela difusão da Garrinchamania entre os chineses. Em 1953, quando as primeiras noticias sobre as surpreendentes atuações de um pobre ex-operário saído de uma pequena vila para jogar pelo maior time da capital brasileira chegaram a Pequim, os Ping não podiam conter sua alegria. "Milhões de chineses vivem a mesma miséria dos brasileiros de Pau Grande e o fato de um deles alcançar o sucesso é de grande inspiração para nosso povo", teria escrito Ping Li. Os recortes dos jornais passaram a ser colados nas paredes e muros da cidade, e uma legião de admiradores sinoalvinegros replicava as traduções dos feitos do incrível 小鸟 Xiao Niao, o Pequeno Pássaro, em *dazibaos*, os murais-jornais da cidade.

Curiosamente, havia um certo conflito de sentimentos dos chineses por alguns ídolos botafoguenses. Isto acontecia por questões de tradições culturais e até superstições. Aliás, em se tratando de superstições, a China é uma nação de Carlitos Rochas: entre centenas de crenças, estão a de não presentear amigos com relógios (exceto se você achar que ele está aguardando um parente morrer) ou chapéu verde (a

北京日报
黑与白火伟大胜利
美英侵

não ser quando souber que sua esposa lhe está sendo infiel), nem usar papel de presente branco, cor associada ao luto, ou assinar com caneta vermelha, cor nobre utilizada para escrever nomes em tumbas.

Um exemplo deste efeito era a admiração-com-vergonha que sentiam por Garrincha. Se por um lado valorizavam seu talento e sua capacidade de superar adversidades ("ele é aleijado", descreviam sem rodeios suas pernas tortas), por outros sentiam pena, e até um certo desapontamento, pelo fato do jogador só possuir filhas. Mesmo na China de hoje, o filho varão é mais valorizado que uma filha, com consequências infelizes para as mulheres no país. Por sorte, o jogador usava a camisa de número 7, algarismo que na tradição chinesa significa "união" e que remete, por semelhança fonética, aos conceitos de "energial vital" 气 e "erguer-se" 起.

Os algarimos têm uma grande importância, em termos nada matemáticos, na China. Somente a união de todos os significados positivos do 7, na cabeça dos chineses, explicariam a amizade de Garrincha com um jogador de alcunha tão pouco auspiciosa como Quarentinha. Ocorre que na China, e em outros países asiáticos, o número 4 é símbolo de má sorte, como o 13 é no Ocidente. Isso se deve ao fato da sonoridade de "quatro" 四 ser semelhante à da palavra "morte" 死. Muitos edifícios, por exemplo, não possuem o 4º, 14º, 24º ou mesmo o 40º andar. Não é a toa, pensavam os chineses, que mesmo sendo o maior goleador do Glorioso, Quarentinha nunca sorria.

Também por isso se encantavam com as histórias que envolviam Biriba, o cão mascote de Carlito Rocha. Na mitologia chinesa, há inúmeras histórias sobre heróicos e leais cães que acompanham aventureiros e imperadores em suas jornadas. Além do mais, era preciso ser muito poderoso para reverter os maus espíritos das origens de um clube criado em 1942 através da união de outros dois, de remo e de futebol, fundados respectivamente em 1894 e 1904 — todos contendo, portanto, o temível algarismo 4. Os chineses achavam natural que o clube só houvesse se sagrado campeão em 1910, como o hino de 1949 diligentemente informa: no horóscopo chinês, 1910 foi o Ano do Cão.

Assim como os números, os nomes também possuem grande importância na China. Enquanto as meninas recebem nomes que — supostamente — descrevem sua beleza ou qualidades, os meninos podem ganhar nomes simples, sem grandes significados, para passarem desapercebidos aos maus espíritos. Outra tradição para despistar estes maus espíritos é não usar o nome definitivo do bebê enquanto ele ainda está na barriga — ele ganha uma espécie de *working title*, que pode ser até o nome de um animal ou um apelido pejorativo como "sujinho").

Portanto, o mínimo que se espera de um apelido na China é que este seja representativo, de alguma forma, daquela pessoa. Isso os deixou sem saber como pronunciar — e escrever nos jornais — o nome de Didi, líder do Glorioso em campo ao lado de Nilton Santos. Inicialmente usavam 弟弟 (pronuncia-se *dídi*), que significa "o irmão mais novo". Mas alguns torcedores argumentaram que isto não era condizente com a sabedoria e postura que o Príncipe Etíope, como chamava-o Nelson Rodrigues, apresentava em campo. E se referiam a ele como 第帝 (que se pronuncia *didí*), que significa "Primeiro Imperador".

E quando cismaram, orgulhosamente, que havia um chinês no escrete alvinegro? Sem acesso a fotos, muitos

鼻力八

狗 **1910 1922 1934 1946 1958 1970**

sino-torcedores acreditavam piamente que o jogador China era um conterrâneo, possivelmente de Macau. Mal desconfiavam que José Ricardo da Silva, que defendeu a estrela solitária de 1959 a 1962, era cearense de Fortaleza.

Em 1957, João escreveu para Ping Li contando que havia sido nomeado técnico do Botafogo. As edições dos quatro jornais da China continental que veicularam a notícia se esgotaram em poucas horas, mesmo com o alto índice de analfabetismo na China — ainda não havia dado efeito o esforço do governo em simplificar o design dos complicados caracteres da escrita chinesa.

Centenas de milhares de chineses foram ao delírio com a montagem feita sobre uma fotografia de João Saldanha (publicada em 1954 na *Gazeta Esportiva Ilustrada*) ao lado do escudo do Botafogo e da manchete "Jornalista Saldanha, Amigo dos Chineses é o Grande Timoneiro do Grande Fogo". Comemoraram por uma semana inteira, estourando fogos de artifício em volume comparável às celebrações do Ano Novo Chinês. Foi a única vez que uma equipe de futebol de fora da Ásia ocupou tamanho destaque em um veículo oficial do Partido Comunista Chinês. Para isso acontecer foi necessária a autorização de Hu Qiaomu, o temível ajudante de ordens de Mao Zedong. Ex-diretor da agência oficial de notícias Xinhua, Hu Qiaomu, na época membro do Politburo do Partido Comunista da China, admitiu em suas memórias que isso nunca mais se repetiria justamente "pela perigosa comoção que mobilizara o povo".

No ano seguinte, 1958, o povo da República Popular da China nem se importou com a eliminação de sua própria seleção no Mundial da Suécia — derrotados pela Indonésia, por saldo de gols, ainda na fase de qualificação. Estavam de olho mesmo era na seleção que tinha em seu ataque Garrincha, Didi e Nilton Santos. Às esperanças de 70 milhões de brasileiros foram somadas as de 590 milhões de torcedores do outro lado do mundo. E, afinal, o Brasil sagrou-se campeão, com o ídolo botafoguense Didi eleito o melhor jogador da Copa.

Especula-se, no Ministério das Relações Exteriores, que a primeira vitória brasileira em Copas do Mundo poderia ter sido o motivo real da China ter se desligado da FIFA ao final do Mundial de 1958. Fontes no Itamaraty garantem a existência de um arquivo contendo uma surpreendentemente amigável troca de telegramas entre o Mao Zedong e Juscelino Kubitscheck. A iniciativa teria partido do líder chinês ao ser informado que o presidente bossa nova era botafoguense. O assunto discutido entre junho de 1958 e fevereiro de 1959 seria o apoio oficial da nação comunista a Seleção Brasileira desde que esta mantivesse a permanência de jogadores alvinegros no time. "A China não tinha um time que prestasse, os chineses amavam o Botafogo, o Brasil era campeão do mundo e uma presença de peso na América Latina... Isso fazia todo sentido na lógica chinesa", comenta um diplomata brasileiro aposentado que teve acesso aos documentos antes de serem confiscados pela Junta Militar que assumiu o governo após o Golpe de 1964. A busca de Mao por novos parceiros internacionais — a desgastada aliança com a União Soviética terminaria em 1960 — encontrava certa ressonância tanto na Operação Panamericana lançada por JK em 1958 como nos princípios da Política Externa Independente que seu sucessor Jânio Quadros adotou a partir de 1961. Segundo o diplomata, foram estas arrojadas intenções de união futebolística que levaram Mao Zedong a

convidar o vice-presidente João Goulart à China em agosto de 1961. No entanto, a grave crise instaurada no Brasil assim que a visita se encerrou — com a inesperada renúncia de Jânio Quadros, a oposição dos militares à posse de Jango, a Campanha da Legalidade e a adoção do parlamentarismo — não permitiria que os assuntos tratados na viagem de doze dias tivessem quaisquer desdobramentos.

Fato é que, a mando de Mao ou não, a grande massa chinesa se colocou novamente do lado da Seleção Brasileira no Mundial de 1962, no Chile. Não poderia ser de outro jeito, já que aquela Selefogo contava com Nilton Santos na lateral, Didi no meio-campo, Garrincha, Zagallo e Amarildo (o "Possesso", segundo Nelson Rodrigues) no ataque. Brasil novamente campeão, com o botafoguense Garrincha eleito o melhor jogador da Copa.

O fato de o Botafogo estar em seu auge, no Brasil e no mundo, no momento que a China mergulhava no isolamento da Revolução Cultural a partir de 1966 explica em parte a adoração continuada dos chineses pela equipe alvinegra. Por décadas, a referência de futebol ocidental no imaginário da grande massa chinesa foi a dos melhores jogadores do mundo e bicampeões mundiais: os botafoguenses.

Capítulo 6

A partir de meados da década de 1960 as notícias sobre futebol estrangeiro que chegavam à China foram rareando. Com o golpe militar em 1964, a correspondência de João Saldanha para Ping Li passou a ser cada vez mais esparsa, até perderem o contato. A ausência de notícias do Ocidente e os horrores vividos durante a Revolução Cultural pouparam os chineses de acompanhar a pífia participação da Seleção Brasileira na Copa de 1966 (assim como em 1974 e 1978) e o afastamento de João Saldanha do comando do escrete canarinho em 1970, entre outros motivos, por ser comunista. A meia dúzia que tomou conhecimento da saída do Pequeno Pássaro do time da Estrela dos Trópicos em 1966 ficou atônita: para eles, Garrincha era sinônimo de Botafogo. Hoje, para a grande maioria de torcedores chineses, foi o afastamento da Estrela Solitária o motivo da decadência e o dramático fim de Garrincha e de Heleno de Freitas.

O isolamento da China coincidiu com a queda do rendimento do Botafogo, que ficou 21 anos, entre 1968 e 1989, sem ganhar nenhum título relevante. Mesmo tendo estabelecido o recorde de invencibilidade do futebol brasileiro — quando ficou 52 partidas sem derrotas e 42 partidas invicto em campeonatos brasileiros — os anos 1970 não foram especialmente generosos com o Alvinegro.

A gradual reabertura da China para o mundo, iniciada por Den Xiaoping no final da década de 1970, não incluiu muitas novidades relacionadas ao esporte "bretão" além do esperado retorno da seleção chinesa à FIFA em 1979. Foi preciso o fim dos anos 1980 para que o Botafogo desse sinal de vida. Em 21 de junho de 1989, a equipe liderada por Mauro Galvão, Paulinho Criciúma e Josimar venceu o título estadual, de forma invicta, sobre o Flamengo de Zico, Bebeto e Leonardo. Infelizmente, os chineses não tomaram conhecimento disto: naqueles dias estava vigente uma pesada censura a qualquer mídia internacional devido ao Massacre da Praça Celestial, ocorrido duas semanas antes.

Foi durante as décadas de 1970 e 1980 que aconteceu um grande êxodo sino-botafoguense em escala mundial. Da mesma forma que algumas centenas de famílias chinesas deixaram o país quando Mao Zedong tomou o poder em 1949, houve aqueles que conseguiram escapar dos horrores Revolução Cultural ou se beneficiaram da política de aproximação com o Ocidente definida por Den Xiaoping. Não há como mensurar com exatidão, mas do início da década de 1970 até meados dos anos 2000 — quando o controle chinês de emigração ficou relativamente mais relaxado — foram observados milhares de sino-botafoguenses nos cinco continentes: de sherpas no Nepal a garçons em Nova York, de músicos em Zurique a cozinheiros em Paris, de professores de equitação em Melbourne a engenheiros em Angola. Ironicamente, foram estes chineses expatriados mundo afora que estiveram em melhores condições para acompanhar a retomada do Botafogo, depois de duas difíceis décadas.

Destes, talvez o mais conhecido pelos brasileiros seja Chang Xinpao, frequentemente mencionado na coluna "Preto no Branco" (onde era grifado como *Chang-Xin Pow* para evitar chacotas) que o jornalista Roberto Porto assinava no *Jornal dos Sports* na década de 1990. Chang tinha dez anos em 1983, quando sua família se radicou nos Estados Unidos, em Staten Island. Descoberto pelo locutor esportivo Roby Porto, filho de Roberto, quando este morava em Nova York, Chang também era botafoguense de segunda geração. Segundo conta, seu pai foi professor de Biologia em Kunming, a capital da província de Yunnan, e, nos anos 1960, lia no jornal local notícias do Botafogo, "a equipe-irmã do Nanking Football Club". O animado sino-botafoguense chegou a vir ao Brasil em 1997, onde compareceu a cerimônia de posse de José Luiz Rolim como presidente do Botafogo, realizada no palacete neocolonial da sede de General Severiano. Apresentado aos presentes por Roberto, à época conselheiro do clube, foi aplaudido e emprestou seu prestígio a uma curiosa — pelo menos para ele — campanha. "Estava no Rio uma delegação de representantes do Botafogo Futebol Clube da Paraíba, que [mesmo tendo sido fundado em 1931] só começou a existir a partir do momento em que o Botafogo de Futebol e Regatas remeteu-lhe, de navio, caixas com as camisas da Estrela Solitária", conta Roberto Porto. "Mas um presidente qualquer, arbitrariamente, mandou pintar as estrelas de vermelho". Os dissidentes haviam ido ao Rio promover um abaixo-assinado para que sua Estrela Solitária retornasse à cor original, branca como a do Glorioso. As quatro primeiras assinaturas da carta foram de José Luiz Rolim, Carlos Augusto Montenegro, Roberto Porto e... Chang Xinpao.

Capítulo 7

Apesar do destaque internacional em 1993 com conquista da Copa Conmebol da Confederacão Sul-Americana de Futebol, o Botafogo só voltaria a ganhar as páginas dos jornais chineses em 1996, quando a mesma equipe que sagrou-se Campeã Brasileira em 1995 venceu o Troféu Teresa Herrera, na Espanha, a Copa Nippon Ham, em Osaka, no Japão, e o Torneio Presidente da Rússia, deixando para trás clubes como Juventus, La Coruña, Valencia e Auxerre. Esta maior visibilidade na Ásia e na Europa parece ter reacendido o interesse do público no Oriente — e não apenas na China. A partir da reta final do Campeonato Carioca de 1997, o Botafogo passou a estampar em seu uniforme a marca do gigantesco conglomerado sul-coreano Hyundai.

Em Hong Kong, uma das estrelas em ascensão do cinema local assistiu no principal noticiário do canal TVB Jade uma reportagem sobre o renascimento do time brasileiro de futebol que estava conquistando campeonatos em três continentes. Nascido em Hong Kong mas tendo estudado em Xangai quando criança, Stephen Chow reconheceu com alegria o escudo da Estrela Solitária que tantas vezes viu durante sua infância na década de 1960. Com uma forte base teatral de artes marciais, e reconhecido por interpretar tanto papéis dramáticos quanto comédias amalucadas, o ator tinha planos de solidificar seu trabalho como diretor e roteirista. O símbolo botafoguense trazia-lhe de volta lembranças dolorosas — seus pais separaram-se quando era bem jovem e ele foi estudar em Xangai com suas irmãs — que lhe inspiram a escrever um épico contemporâneo sobre superação pessoal e reunião familiar. Na história, um ex-jogador de futebol fracassado se une a um entusiasmado estudante de Shaolin Kung Fu para se vingar daqueles que o escorraçaram e mostrar do que é capaz. Mas com seis filmes na fila de produção — um dos quais também escreveu e iria dirigir — *Shaolin Soccer* (少林足球) teria que esperar quatro anos até começar a ser rodado.

A proximidade do fim do século 20 estimulou um sem número de retrospectivas em busca de sentido e direção. Na abertura da última Copa do Mundo do século, realizada na França em junho de 1998, a FIFA publicou uma listagem — elaborada por 250 jornalistas esportivos internacionais — de onze jogadores que comporiam sua Seleção do Século. Os botafoguenses Nilton Santos e Garrincha estão nela, assim como os santistas Pelé e Carlos Alberto Torres — embora este também tenha passagens memoráveis pelo Fluminense e atuações, sem grandes destaques, no Botafogo e no Flamengo durante a década de 1970. (Torres se redimiria posteriormente como técnico do Glorioso na conquista da Conmebol de 1993). Os outros integrantes são o goleiro soviético Lev Yashin, o inglês Bobby Moore, o alemão Franz Beckenbauer, o holandês Johan Cruyff, o francês Michel Platini e os argentinos Alfredo di Stéfano e Diego Maradona. Em abril de 2000, a FIFA retificou a lista, substituindo di Stéfano e Platini pelo chileno Figueroa e o húngaro Puskas, e acrescentou oito jogadores reservas, que incluem o palmeirense Djalma Santos e o botafoguense Didi.

Em dezembro de 2000, a FIFA divulgou, com ainda mais estardalhaço, sua lista dos maiores clubes de futebol do Século 20, desta vez escolhida pelos assinantes de sua revista bimestral. Encabeçada pelo espanhol Real Madrid (com 42,35% dos votos, refletindo a participação majoritariamente europeia entre seus leitores), a lista apresenta 18 times, sendo onze europeus, um uruguaio, três argentinos e três brasileiros: Santos, Botafogo e Flamengo. Em janeiro de 2001 houve um patético protesto de cerca de cinquenta associações desportivas asiáticas questionando o sistema de contagem de votos dos ditos assinantes, visto que nenhum time da região constava da listagem final. Como de costume, a FIFA ignorou o protesto — mas sendo um dos reclamantes a Associação de Futebol da República Popular da China 中国足球协会, a notícia acabou por circular pela imprensa oficial de todo o país. Isso fez com que centenas de milhares de habitantes das 22 províncias chinesas e sete regiões autônomas ou administrativas especiais fossem bombardeados com imagens do escudo da Estrela Solitária por semanas.

Ocupado com os preparativos da sua muito debatida entrada na Organização Mundial do Comércio, o governo chinês não acusou o aumento do índice da utilização de palavras como 火 *huǒ*, 明星 *míngxīng* e 博卡弗哥 *bokafuge* nas seções de cartas de jornais e nas salas de bate papo online. Uma pesquisa conduzida quatro anos depois pelo Yahoo! — supostamente a pedido de empresários ligados ao governo chinês — indica um aumento de mais de 200.000.000% das três palavras – "fogo", "estrela" e "botafogo" — entre 1º de janeiro e 31 de julho de 2001.

Capítulo 8

Em 2001, Ping Hu tinha 64 anos e era instrutor de tai chi chuan em Xangai. O filho de Ping Li não seguira à risca os passos do pai alfaiate, falecido já havia alguns anos, mas tampouco se afastara muito do *métier*: tornara-se sapateiro. Por quarenta e dois anos trabalhara na empresa de borracha DaFu fabricando os tênis Feiyue para prática de artes marciais. Casara, tivera uma filha, que lhe dera um neto. Sua esposa falecera precocemente já havia quase duas décadas, mas Ping Hu não gostava de falar sobre o assunto. Decidiu não se casar mais. Ao se aposentar, foi arrumar o que fazer. Sua academia, por assim dizer, era uma pracinha no bairro da Concessão Francesa. Jovens universitários, aposentados e um casal de *laowai* — funcionários de um dos muitos consulados do bairro — o encontravam à partir de 6h30 da manhã iniciando seu alongamento, próximo a sua garrafinha de chá.

Como já fizera muitas vezes, foi trabalhar vestindo a já bem surrada camisa do Botafogo que ganhara de presente de João Saldanha seis décadas atrás, por baixo do fino quimono negro de algodão. Apesar do intenso verão, amanhecera frio na úmida Xangai, e ele vestiu-a como uma camada extra de roupa. O instrutor não podia ter seus movimentos limitados, e não havia a menor chance do uniforme do Botafogo causar isso: fora tão usado que estava quase transparente, praticamente se desfazendo. Vestindo-a por mais uma semana a camisa certamente não serviria mais para ser usada, mesmo nos padrões chineses. Ao contrário da juventude desses tempos pródigos, Ping Hu pertencia a uma geração que passara grandes privações durante a Revolução Cultural. Para quem nada possuía, tudo era valorizado, tudo poderia, e deveria, ser consertado, remendado, aproveitado ao máximo. E aquela camisa tinha um certo valor sentimental, o fazia lembrar de seu pai e daquele amigo estrangeiro que lhe escreveu por muitos anos contando a história do time de futebol da Estrela Solitária.

Ping Hu surpreendeu-se com a chegada do sol forte durante os últimos dez minutos da aula. Encerrada a sessão, recolheu o pagamento semanal dos alunos, despediu-se, e sentou-se para tomar o resto do seu chá. Um grupo de três estudantes do Ensino Médio a caminho da escola cortava caminho pela praça, papeando animadamente sobre o que haviam discutido na noite anterior em uma sala de bate papo online. Sem que soubesse dos detalhes do encontro entre Ping Li e João Saldanha em Pequim, Ping Hu desabotoou o quimono... e a História, esta farsante, correu para se repetir.

Os adolescentes pararam, boquiabertos. Arregalam os amendoados olhos como personagens de *anime* de Osamu Tezuka e, sem tirar os olhos da camisa de Ping Hu, caminharam até ele. Cumprimentam-o muito polidamente e um dos rapazes lhe explicou a abordagem. O pai de um amigo da escola possuía exemplares de jornais de Hong Kong e Pequim dos anos 1950 e 1960, destacando o time de futebol brasileiro cujo símbolo reconhecia em sua camisa. Ping Hu sorria afavelmente e lhe pergunta se lembram dos nomes dos periódicos. Os três rapazes se atropelam para responder ao mesmo tempo — todos haviam lido as reportagens — e Ping Hu lhes respondeu que provavelmente ajudou na redação e envio das informações aos jornalistas e, como se desse um preciso e potente soco de uma polegada de Bruce Lee no coração de cada um dos jovens, lhes perguntou se gostariam de saber mais sobre o assunto.

No dia seguinte, após a aula, os rapazes voltaram à pracinha com mais alguns amigos da escola e escutaram as histórias de Ping Hu por cerca de três horas. Na semana seguinte, voltaram com seus pais, mais amigos e dois professores, com cópias dos artigos mencionado. O encontro durou cerca de cinco horas, com todos fazendo perguntas. No final da tarde daquele sábado, Ping Hu recebeu quase quarenta pessoas na pequena viela onde mora. Os convidados trouxeram garrafas de chá e fritaram panquecas e jiaozi de porco e camarão. Alguém trouxe uma bola de futebol e os meninos bateram uma pelada ao final do encontro. Com autorização da delegacia policial da vizinhança e supervisão de um membro do Partido Comunista, marcaram o encontro seguinte — no qual alguém prometeu trazer fitas VHS com a transmissão japonesa da final do Campeonato Carioca de 1989 e o documentário *Garrincha Alegria do Povo* de 1962 — no salão do centro comunitário da vizinhança. A cada novo encontro, mais pessoas interessadas pelas histórias da legendária Equipe da Estrela Solitária surgiam, trazendo vizinhos e familiares.

Uns dois meses depois, em 12 de setembro de 2001, os três garotos anunciaram, diante de cerca de 1.500 pessoas no gramado do parque do templo budista de Jing'an, a fundação da torcida organizada 上海火 *Shang Hai Huó*. A Xangai Fogo.

Capítulo 9

Produzido, escrito, dirigido e estrelado por Stephen Chow, *Shaolin Soccer* foi lançado em 2001. A hilariante comédia no estilo 无厘头 *moletai* — uma espécie de humor nonsense e extremamente físico — é um sucesso de público (mesmo banido na China continental o filme faturou US$4,7 milhões só em Hong Kong) e crítica, conquistando mais de dez prêmios, incluindo os de Melhor Filme, Diretor, Ator (o próprio Chow) e Ator Coadjuvante (para Wong Yat-Fei) no *21st Hong Kong Film Awards*, e o de Melhor Filme Estrangeiro no *Blue Ribbon Awards* da Associação Japonesa de Críticos de Cinema. E é com este projeto que, depois de ter atuado em mais de sessenta filmes e dirigido seis, Stephen Chow chegou a Hollywood: a Miramax Films comprou os direitos de distribuição de *Shaolin Soccer* e o lançou internacionalmente em 2003. O filme arrecadou US$42 milhões nos cinco continentes e foi adaptado para mangá na China e Estados Unidos (pelas mãos dos quadrinista chinês Andy Seto, responsável também pela versão em *graphic novel* de *O Tigre o Dragão*). Na Itália o filme foi dublado por jogadores profissionais de futebol como Damiano Tommasi, Vincent Candela, Marco Delvecchio e Sinisa Mihajlovic.

Com todo este aval — Quentin Tarantino chegou a declarar Chow "o melhor ator de Hong Kong" — e um contrato de distribuição mundial assinado com Columbia Tristar, Stephen Chow partiu para seu novo projeto, lançado em Hong Kong no Natal de 2004 e um mês depois nos Estados Unidos. Com muitos dos mesmos atores e nos mesmos moldes de *Shaolin Soccer* (e também produzido, escrito, dirigido e estrelado por Chow) *Kung Fu Hustle* (功夫) arrecadou mais de US$100 milhões de dólares internacionalmente, tornando-se o filme em língua estrangeira de maior bilheteria nos Estados Unidos em 2005 e batendo o recorde de *Shaolin Soccer* como o filme mais rentável da história do cinema de Hong Kong. Aclamado pela crítica, conquistou seis prêmios no *24th Hong Kong Film Awards* (incluindo Melhor Filme) e cinco no tradicional *Taipei Golden Horse Film Festival* (incluindo Melhor Diretor), além de indicações para o *59th British Academy Film Awards* e para o *Satellite Awards* da Academia Internacional de Imprensa, entre outros.

A história se passa na Xangai da década de 1940, onde os moradores de um cortiço são ameaçados pela violenta Gangue da Machadinha, que lhes cobra proteção. Chow vive o vagabundo Sing que inicialmente quer se aproveitar dos moradores e unir-se à gangue, mas que ao reencontrar um amor de infância não correspondido, se arrepende. Um incidente acaba por liberar um potencial de mestre Kung Fu que estava adormecido — desde o tal trauma na infância — e ele sai em defesa dos moradores.

Se *Shaolin Soccer* já fazia sutis referências a filmes anteriores de Chow (e uma clara homenagem ao seu ídolo Bruce Lee, que incorpora no goleiro do time, vivido pelo cantor pop Danny Chan), este filme assumidamente se vale de elementos de dezenas de outras fontes: de seminais filmes chineses das décadas de 1960 e 1970 a clássicos da indústria de entretenimento ocidental como *Os Irmãos Cara-de-Pau*, Papa Léguas, *O Iluminado*, Homem-Aranha, *O Poderoso Chefão* e *Touro Indomável*. E apesar de formalmente neste segundo filme só haver uma rápida menção a futebol — na primeira cena que aparece, Chow cruelmente fura a bola

dos meninos da rua gritando "Chega de futebol!", em uma referência ao filme anterior — é nele que o astro homenageia seu time de coração.

Coreografada pelo veterano Yuen Woo-ping, responsável pelas sequências de luta em *Matrix*, *O Tigre e o Dragão* e *Kill Bill*, a cena final se passa no cenário do cortiço, construído por três meses em Xangai com base em lembranças de Chow. Na sequência de quase dez minutos — que seria indicada para o *MTV Movie Awards* na categoria Melhor Cena de Luta — o já redimido e recuperado Sing derrota toda a Gangue da Machadinha antes de encarar o insano e lendário lutador conhecido como A Besta, vivido por Bruce Leung Siu-lung, famoso ator de filmes de artes marciais das décadas de 1970 e 1980 e um dos muitos clones de Bruce Lee.

Durante toda a luta em que nosso herói, que até então apanhou o tempo todo, cirurgicamente espanca os marginais, mesmo o mais desatento observador é capaz de ver o escudo do Botafogo em um dos principais letreiros dos estabelecimentos comerciais do andar térreo. "Propositadamente", conta Chow, "coloquei [o escudo] como único emblema em meio aos vários sinogramas caligráficos do cenário". Além disso, no derradeiro momento em que Sing lança dezenas de bandidos ao ar, se vê claramente a Estrela Solitária esculpida em pedra adornando o alto da construção. "A ideia era que [o escudo] estivesse o tempo todo coroando o palco principal da história", revelou o astro.

Mas derrotar uma centena de lutadores não é o mesmo que enfrentar A Besta, que começa o combate em vantagem, e parece que vai levar a melhor. Bloqueando cada golpe de Sing, arremessa-o através de paredes e, saltando como um monstruoso sapo pré-histórico, o lança desacordado aos

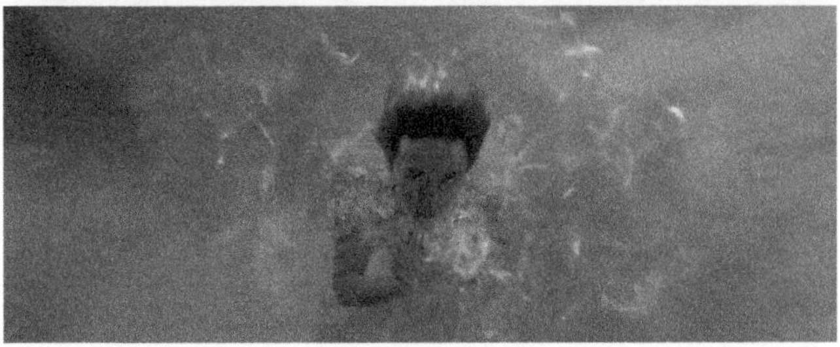

céus a perder de vista. Ao chegar nas nuvens, Sing tem uma visão de Buda, transcende e se arremessa de volta tal qual um cometa, literalmente pegando fogo, em um facho de luz.

"Minha intenção era expressar uma característica marcante do botafoguense, que não sofre, se purifica", explicou Chow. "Ele pode ir ao fundo do poço, embora nesta cena seja o alto do céu, e voltar mais botafoguense que nunca". Sing termina por derrotar A Besta com um colossal Golpe da Palma de Buda Descendente, em que concentra o chakra na palma da mão e aproveita a gravidade para aumentar a potência do ataque.

Capítulo 10

Se o governo chinês não estava particularmente atento à escalada das palavras "estrela" e "fogo" na internet, em 2001, a Nike estava.

A gigante do segmento de vestuário e calçados esportivos vinha há duas décadas se esforçando para estreitar o relacionamento com o mercado chinês. Em 1980 a empresa encaminhara uma proposta ao governo chinês de compras mensais de 100.000 pares de tênis, que em alguns anos deveriam ser ampliados para um milhão de pares. A produção começaria no ano seguinte — com 10.000 pares por mês e o patrocínio da seleção chinesa de basquete — mas em 1984 a Nike só alcançara 150.000 pares mensais: os fornecedores eram muito mal preparados — de forma geral, até hoje o são — e não seguiam os parâmetros de qualidade que a empresa conseguira estabelecer em outros países asiáticos, como Japão, Filipinas e Tailândia. "[Na China continental] não entendem por que um produto defeituoso deve ser destruído ao invés de comercializado localmente ou em outro país [que não os EUA]", explicou Christopher Walsh, primeiro diretor administrativo da empresa na China, que já acumulara cinco anos de experiência entre nas filiais da Coreia e Taiwan. Apesar dos preços bem competitivos, os custos para fazer negócios na China eram muito altos; a burocracia, infindável; a falta de motivação entre os empregados; equipamentos e matéria prima tinham que ser importados, o transporte e controle de estoque e qualidade caóticos.

A Nike insistia. Estava de olho nos dois bilhões de pés que pisavam o solo do país na época. Mas os mesmos motivos que sabotavam a qualidade dos produtos impediam o desenvolvimento de um mercado local: a China não sabia o que era conceito de *marca*, lá a preocupação sempre foi a quantidade e não a qualidade. Porém, sem trabalhar o potencial mercado interno do país, a única saída da Nike parecia ser a concentração do grosso da operação asiática na Tailândia, ou passar a considerar Índia e Sri Lanka como fornecedores.

Na tentativa de resolver estes problemas, entra em cena David Ping-Ching Chang. Arquiteto formado na Universidade de Princeton, Chang nascera em Hong Kong mas saíra do país em 1941, quando tinha dez anos. Seu pai havia sido Embaixador da China na Tchecoslováquia, Polônia e Portugal na década de 1930, e possuía amigos na Europa e América do Sul que permitiram que a família ficasse a salvo durante a Segunda Guerra Mundial. Chang havia intermediado uma das primeiras negociações entre fabricantes chineses de equipamentos automotivos e empresas norte-americanas que envolviam transferência de tecnologia. Entendia a cultura do país, possuía contatos no governo (que facilitavam os entraves burocráticos), e falava mandarin e português, devido à proximidade de sua cidade natal com Macau e a temporadas com a família em Lisboa, onde seu pai se aposentara.

Até a chegada de Chang, os produtos da Nike eram timidamente vendidos em Pequim, e mesmo assim apenas na Friendship Store, uma espécie de supermercado de importados — aviltantemente caros — direcionado aos estrangeiros residentes no país. Chang ampliou os pontos de venda na capital e em Xangai e patrocinou a seleção de tênis e a liga de basquete juvenil chinesas durante boa parte da década de 1990. Ambos eram esportes fáceis de vender para a empresa norte-americana, estratégicos para a penetração no país — o primeiro por atrair a elite e o segundo pela popularidade — mas penou um pouco para convencê-los a investir em futebol. Conseguiu, enfim, apoiar a primeira divisão de futebol masculino e dois times femininos, Shanghai SVA e Beijing Chenjian. Quando a seleção chinesa conquistou a primeira medalha de ouro de um patrocinado da Nike — em saltos ornamentais nas Olimpíadas de Sydney 2000 — Chang exigiu ser ouvido com mais atenção. A empresa lhe deu carta branca para desenvolver uma estratégia de posicionamento no país que trouxesse retorno financeiro suficiente para que a Nike estivesse em condições de encarar a competição acirrada com Adidas, Puma e as próprias marcas locais em vista à realização das Olimpíadas de Pequim 2008.

Para conquistar a lealdade da juventude chinesa, Chang investiu na contratação de pesquisas nas principais escolas de Ensino Médio, centros comunitários, clubes esportivos e boates de 15 das principais cidades do país — Chengdu, Chongqing, Fuzhou, Guangzhou, Hangzhou, Hefei, Pequim, Kunming, Nanchang, Nanjing, Tianjin, Wuhan, Xangai, Xining e Zhengzhou — além de um verdadeiro exército de 200 pessoas para monitorar as principais salas de bate papo online na China. Após três meses de tabulação das entrevistas e análise das transcrições, o elaboradíssimo relatório de mais de 600 páginas incluía, na página 265, uma lista com as oito (para dar sorte, provavelmente) palavras ou expressões mais utilizadas em contexto positivo e/ou de desejo pelos jovens chineses de 14 a 24 anos no ano de 2001. "Estrela" e "fogo" estavam entre elas.

A proposta entitulada *Nike na China no século 16, aprendendo com o passado para um futuro duradouro*, apresentada por David Ping-Ching Chang em março de 2002 continha: uma análise descritiva dos problemas que a empresa enfrentara desde 1981; um histórico cultural das atividades esportivas na China desde o século XVIII; estatísticas de consumo de produtos esportivos durante os doze meses do ano na China; dados sobre o aumento do poder de compra da classe média chinesa de 1979 a 1999; comentários sobre diferentes aspectos jurídicos relacionados a propriedade intelectual, direito autoral e pirataria na China continental, Taiwan, Hong Kong e Macau; e uma previsão das principais tendências das duas décadas seguintes. Nesta última seção, havia a recomendação de associar produtos, lojas (a primeira Nike Store abriria em Pequim em 2007, a tempo do frenesi olímpico) e mesmo material promocional a uma ("não duas, ou três, ou mais — apenas uma única", enfatizava o texto) estrela branca sobre fundo negro.

O conselho diretor da Nike vetou qualquer aplicação da estrela diretamente nos produtos Nike para que sua imagem não fosse diluída. Depois de afastado por uma década da presidência do conselho, o co-fundador da empresa Philip Knight havia retornado ao cargo havia menos de dois anos, e aparentemente não estava disposto a por em risco a "supremacia do *swoosh*", como chamava. Mas algo seria feito.

Em julho de 2003 a Nike anunciou a compra da tradicional empresa norte-americana Converse, fabricante dos tênis All Star, por 305 milhões de dólares. Um artigo do New York Times noticiava que os tênis da Converse "não veiculariam o nome Nike", e especialistas comentaram que esta estratégia de "comprar ao invés de construir" permitiria a empresa "adentrar o segmento de massa, sua última fronteira. [...] [A Nike] estará entrando com o produto certo, ao preço certo e no lugar certo".

Não podiam estar mais corretos: a Converse foi introduzida na China em 2004. A estratégia da empresa era comer pelas beiradas, introduzindo sua ainda engatinhante marca de skate Nike SB no mercado chinês, amparada pela "estrela branca sobre fundo preto" da Converse e pelo patrocínio de skatistas locais como Che Lin e Zeng Guanhao. A Estrela Solitária ficaria associada na China à imagem *cool* da juventude e a cena musical independente.

Em 2011, o faturamento da Nike no país atingiu US$ 4,84 bilhões. Destes, pouco mais de US$ 1 bilhão são provenientes da venda dos tênis Converse, com sua Estrela Solitária.

Esquire
时尚出品
年度文
化评述

STAR

Capítulo 11

A Xangai Fogo estava em festa. As notícias um site contendo centenas de videos sobre o Botafogo chegaram à China em setembro de 2005. Lançado em abril daquele ano, o YouTube forneceria uma enorme material para as reuniões da Xangai Fogo, agora realizadas tanto presencialmente como *online*, através de fóruns e blogs. Até março de 2008, quando o YouTube foi bloqueado na China por causa de um protesto inócuo da cantora islandesa Bjork — que ao final de um show em Xangai começou a berrar "Free Tibet! Free Tibet!" para um público composto basicamente por estrangeiros constrangidos pela performance — a torcida conseguiria baixar aproximadamente duas mil horas de video, entre jogadas, reportagens e documentários. Atendendo a pedidos, os principais trechos foram legendados com a ajuda de estudantes de português da Universidade de Xangai, que falavam o idioma com sotaque lusitano de Macau.

Em quatro anos de existência, a Xangai Fogo amealhara um curioso mix de integrantes, em uma média de pouco menos de 1 milhão de novos integrantes por ano. Além destes quase 4 milhões, a torcida já contabilizava cerca de 130 milhões de sino-botafoguenses espalhados por toda a China e países vizinhos como Malásia, Cingapura, Vietnam e Indonésia. Estas estimativas eram baseadas principalmente nos acessos às salas de bate papo online, e pela quantidade de inscritos no número que a Xangai Fogo utilizava no QQ, o programa de mensagens instantâneas mais popular do país, com 780 milhões de contas ativas. Este, aliás, era o principal canal de comunicação entre os torcedores. Após muito debate, o grupo optou por não manter uma listagem de seus integrantes nem criar uma página na web para a Xangai Fogo, com medo de represálias do controlador governo chinês. Ainda estava fresca na memória de todos a dura perseguição e a proibição, iniciada em 1999, da prática do Falun Gong, disciplina espiritual que combina meditação, respiração e lentos exercícios para promover a melhor circulação de energia 气 *Chi* no corpo. Para proteger de eventuais ingerências do governo chinês, decidimos neste livro não publicar nomes de integrantes da Xangai Fogo.

Desde 2003 as conversas e intercâmbio *online* de informações e vídeos aconteciam praticamente 24 horas por dia, de domingo a domingo — em Xangai, bancos, correios e demais serviços funcionam sete dias por semana para dar conta da imensa população. Havia sempre alguém conectado (e "alguém", em termos chineses, é exponencial na casa dos milhares) interessado em conversar sobre o Botafogo, sua história, seus ídolos, uniformes, novas contratações, ou qualquer outra coisa ligada ao time.

Foi também em 2005 que, depois de meses de estudos e tentativas frustradas, a Xangai Fogo passou a finalmente assistir alguns jogos completos do Glorioso, através de um intrincado sistema de roubo de sinais de transmissões televisivas. Para tanto, tiveram que burlar a lei que proíbe o uso de antenas parabólicas em Xangai, muito embora um visitante ocasional sequer imagine que essa lei exista: por toda a cidade, dos mais altos arranha-céus as pequenas vilas *longtang* que ainda resistem a explosão urbana, há uma profusão de grandes pratos acinzentados dividindo telhados e sacadas com varais de roupa. Quando posicionadas em direção ao sul, as antenas — de boa qualidade, geralmente de origem coreana — são capazes de captar a transmissão de canais de televisão a cabo das Filipinas. Diversos estrangeiros residentes em Xangai se valem deste estratagema para não perderem seus seriados e noticiários internacionais, sob frequente censura do governo. Mas o que poucos sabiam é que um bom decodificador pode ser modificado para captar também os sinais das pequenas transmissoras piratas da região costeira do país. E uma delas, a Tulisang-dagat TV, conseguia interceptar o sinal matinal da TV Globo Internacional, quando este era veiculado na Austrália e Nova Zelândia, e o noturno, quando o mesmo material reeditado era apresentado no Japão.

Por conta da diferença de fuso e da pesada jornada de trabalhos dos chineses, os jogos eram assistidos na madrugada. No caso de vitória do Botafogo, era certo haver barulhentas explosões de fogos de artifícios no que chamaríamos de "horários mais impróprios". Mas os xangaineses — acostumados às comemorações do Ano Novo Chinês que consomem três mil toneladas de fogos durante uma semana de festas, dia e noite —, nem ligavam. Toda esta mobilização digital e *online* não significava, entretanto, que a Xangai Fogo não se reunisse mais. Com cada vez mais integrantes, seus encontros presenciais ganharam como palco os jardins e a praça interna do famoso 上海展览中心 Centro de Exposições de Xangai, localizado entre a elegante West Nanjing Road e o viaduto da Yan'an Road. Neoclássico com fortes inspiração da estética stalinista, este palácio foi construído em 1955 com o nome de Prédio da Amizade Sino-Soviético, comemorando a aliança entre os dois países com uma grande exposição sobre os avanços sócio-econômicos da URSS. Lá também seria realizada a primeira conferência da regional xangainesa do Partido Comunista da China, em 1956 e, até 2011, todas as plenárias anuais do Parlamento Municipal de Xangai.

Além da conveniente localização central e dos 93 mil metros quadrados que conseguiam abrigar reuniõezinhas envolvendo de 6 a 10 mil torcedores, outro importante motivo levou a Xangai Fogo a escolher o prédio como sua "sede". Sua torre de 110 metros de altura — inspirada na torre da Sede do Almirantado de São Petersburgo e até 1988 a construção mais alta de Xangai — ostenta em seu topo uma altiva estrela solitária.

Capítulo 12

A decisão da Xangai Fogo de não ter uma página na internet não impediu que os torcedores abrissem *fan pages* sino-botafoguenses em redes sociais chinesas como 空间 Qzone QQ e a 人人Renren a partir de 2006. Além de permitir um entrosamento maior da torcida espalhada por todo o país, serviu também para mensurar com mais critérios seus números. Em junho de 2007, a Xangai Fogo contava com mais de 6,3 milhões (ou precisamente 6.378.888 — para dar sorte) membros em Xangai, e 398 milhões de afiliados em mais de 300 cidades da China continental.

Os integrantes da torcida poderiam ser divididos em três grupos: aqueles nascidos nas décadas de 1920 a 1940, que haviam lido as notícias do Botafogo em primeira mão nos jornais; seus filhos, nascidos nos anos 1950 a 1960, que podem ter tido acesso a uma ou outra notícia mas que provavelmente conheceram o Glorioso por relatos de seus pais; e a nova geração, nascida após 1980, que usava tênis All Star e assistira *Kung Fu Hustle*. Naquele momento, a proporção dos grupos era, grosso modo, de 20%, 30% e 50% da Xangai Fogo.

Se aqui esta mistura talvez não desse muito certo, no Oriente era receita de sucesso garantido. Muitos dos valores da cultura chinesa dizem respeito à família, sem a demagogia das ceias de Natal ocidentais. Na família chinesa, idade é sinônimo de sabedoria e respeito: os mais venerados são os mais velhos, que com o passar dos anos acumularam conhecimento e experiência. O mais conhecido filósofo chinês, Confúcio (551–479 a.C.), pregava que as famílias deveriam obedecer e respeitar o indivíduo mais idoso. Outros costumes contribuem para que os jovens, de uma maneira geral, respeitem e se sintam à vontade junto a pessoas de mais idade. Os avós são muito presentes na vida e na educação do neto, pois ambos os pais têm que trabalhar — até mesmo para sustentar os avós, já que a China não possui uma Previdência Social que lhes garanta a aposentadoria. Além disso, a lei do filho único imposta em 1979 (e somente alterada no final de 2013) deixou como consequência gerações de chineses com dificuldades de relacionamento, por não terem irmãos.

Mas eram estes jovens cheios de energia — e de um conhecimento diferente da velha guarda da Xangai Fogo — que desenvolveram o esquema pirata para assistir os jogos do Botafogo, que lotavam as redes sociais chinesas com gírias próprias misturando escritas e idiomas ("*thank you*", por exemplo, era abreviado como "3Q", já que o som do algarismo 3 em Mandarin é "*san*" e o som de "Q", em inglês, é "*quiu*" — obtendo-se "*sanquiu*"), e que passaram a ostentar a Estrela Solitária em suas roupas, acessórios, motocicletas e skates.

A presença e prestígio do Glorioso na Ásia continuou a crescer. A revista japonesa *T Sports Magazine* publicou na sua edição de dezembro de 2008 a lista dos 100 escudos de futebol mais bonitos do mundo, selecionados por um júri com integrantes de 15 países. Especialistas da Alemanha, Argentina, Brasil, Chile, Espanha, Estados Unidos, França, Inglaterra, Itália, Irã, Japão, Marrocos, México, Rússia e Sérvia deram o primeiro lugar, entre os mais bonitos, ao Botafogo de Futebol e Regatas, único símbolo a ganhar notas máximas em legibilidade, redução, reprodução e reversibilidade. Segundo um dos cinco jurados japoneses, "a esplêndida e pungente simplicidade [do escudo] garante o máximo da concisão sem perder o impacto".

O reconhecimento japonês teve grande impacto nos chineses fãs de futebol. Apesar do histórico antagonismo entre as duas nações, a cultura e o design japoneses são referências de altíssimo padrão de qualidade, principalmente entre a juventude chinesa das classes média e alta, que consome avidamente sua moda, música, cinema e quadrinhos. Uma das consequências da premiação pode ser sentida quando as fileiras da Xangai Fogo em todo o país foram engrossadas por mais de 73 milhões de novos membros entre 12 e 22 anos, somente nas três primeiras semanas de 2009. Parafraseando o jornalista Mario Filho, que em 1956 apelidou o Botafogo de "Clube Rapaz" não apenas pela juventude de seus fundadores mas principalmente pelo seu espírito jovem, a Xangai Fogo estava tomando a forma de uma verdadeira *Torcida Rapaz*.

A força da juventude na Xangai Fogo pode ser especialmente sentida quando, em junho de 2009, um jovem designer de 23 anos teve aprovada sua proposta de símbolo para a torcida.

Wang Yong-Jun nasceu na cidade costeira de Quanzhou, na província de Fujian, de frente para o estreito de Taiwan. Ainda no colégio, sua cara redonda lhe valeu entre os amigos o carinhoso apelido de Lua. Na adolescência, assumiu o codinome quando começou a grafitar, tornando-se Sam Moon. Grafiteiros na China não têm a vida muito fácil, principalmente fora das grandes metrópoles. Não que Quanzhou fosse exatamente um pacato vilarejo: desde meados da Dinastia Tang (618–907) um importante porto do país e eleita em 2004 uma das "10 Cidades Mais Charmosas da China", possui 8 milhões de habitantes, além de uma população que ultrapassa outros 6 milhões em regiões vizinhas, uma espécie de "Grande Quanzhou". Mas em toda China — e em especial nas cidades com qualquer afluência turística — os *graffiti* são apagados pela municipalidade poucas horas depois de realizados, muitas vezes não havendo nem tempo de registrá-lo em fotografias, quanto mais deixando-o para que amigos e transeuntes o vejam. As únicas exceções são os terrenos baldios realmente abandonados — pois na China urbana, qualquer terreno baldio periga ser rapidamente preenchido com um prédio — ou as raríssimas áreas ocupadas por redutos de artistas, como a Moganshan Road de Xangai e 798 Art Zone de Pequim, antigas fábricas e galpões industriais.

Isso levou Moon a estudar design gráfico em Xangai, onde descobriu que podia unir seu interesse por graffiti e ilustração ao combinar caligrafia oriental e tipografia latina em projetos experimentais e bem humorados. Instigado por seu orientador de projeto de graduação a trabalhar questões ligadas à sustentabilidade, Moon se voltou a um problema que afligia não apenas a sua cidade natal — cujas fábricas produzem 10% das roupas de todo o país e 20% dos tênis do planeta — mas a China inteira: o colossal desperdício de roupas usadas. Por causa da superstição de não se usar roupas de segunda mão — que podem trazer energia negativa ou aborrecer o espírito do falecido dono anterior — toneladas de vestimentas são simplesmente abandonadas ou incineradas todos os dias. Pertencente a uma geração que não se preocupa muito com estas tradições, Moon intuiu que, como já dissera John F. Kennedy, a palavra "crise" era composta por dois caracteres: 危机. Individualmente, o primeiro, 危 *Wei*, significa "perigo", e o segundo, 机 *Ji*, pode ser traduzido como "oportunidade" (na verdade 危机 significa, literalmente, "perigo de mudança"). Moon então desenvolveu para a aula o branding de uma empresa de pequeno porte que recicla partes inaproveitáveis de roupas descartadas em novas, dentro do conceito de *streetwear.*

Após se formar e retornar a Quanzhou, aproveitou parte do conhecimento e do plano de negócios feito para o projeto de faculdade e abriu a grife de *streetwear* Dirty Street 油乐园. Nela, passou a produzir estampas de graffites tipográficos e paródias de logos ocidentais, como L.A. Lakers e as Tartarugas Ninjas, dentro de conceitos chineses.

Porém, o motivo que levou o designer grafiteiro a se aproximar da Xangai Fogo não era o futebol. Sam foi movido pela curiosidade com o *nome* do time, que em sua cidade natal era uma espécie de sinônimo de Bicho Papão. "Meus avós me diziam que o Botafogo iria sair do mar e me pegar se eu não me comportasse, se não comesse legumes, coisas assim", explica. "Minha avó me contou que sua avó lhe contava estas histórias, que por sua vez tinha escutado de seus tios, e assim por diante". Quando soube que havia um time de futebol com este nome, ficou intrigado e resolveu investigar.

Sam acabou por descobrir que no século 16 uma belicosa missão comercial portuguesa pilhara os moradores de Quanzhou (na época chamada Ch'uanchou), chegando a cometer assassinatos. Em 1549, o implacável Imperador Jiajing deu ordem para que toda a comunidade portuguesa da região fosse exterminada. Alguns poucos sobreviventes escaparam para ilhas próximas a Haojing — conhecida pelos portugueses como Macau — onde alguns anos depois receberiam permissão para se estabelecer, após auxiliarem os chineses em uma batalha contra os temíveis piratas Singh.

Durante muito tempo — em especial depois de 1557, quando Portugal passou a "alugar" Macau da China por um tributo anual de 20 quilos de prata — os habitantes de Quanzhou temeram que os portugueses retornassem para vingar o sangrento massacre impetrado em suas terras. Seu maior medo era serem atacados pelo que na época era tido como o mais poderoso navio de guerra do mundo: o galeão São João Baptista, peça essencial na famosa conquista de Túnis em 1535, então sob o controle do Império Otomano. Construído em Portugal em 1534, o navio possuía um deslocamento de 1.000 toneladas e era armado com 366 canhões de bronze, detentor, portanto, de um colossal poder de fogo. Por este motivo tornou-se conhecido por "Botafogo". Algumas décadas mais tarde, o nobre fidalgo João Pereira de Souza Botafogo, integrante da tripulação do galeão que incorporara o apelido da nau ao nome de sua família, adquiriria terras próximas a uma bela enseada ao recém fundado Rio de Janeiro. A praia da pequena baía que os índios Temiminós chamavam de Iguaá-Mbara passaria a ser conhecida, então, como "a praia do Botafogo".

"Morri de rir quando descobri que o terror da minha infância era um navio que meus antepassados temiam que dizimasse nossa cidade", conta Sam Moon. A partir daquele momento, o Botafogo tornou-se pessoal. Decidido a por um fim naquela ameaça secular, empenhou-se a tornar o símbolo do Botafogo mais chinês.

Para os padrões chineses de redesenho, a ousadia de Sam Moon foi grande. Como se houvesse escutado Mao Zedong na acertada decisão de tirar a foice-e-martelo da bandeira chinesa seis décadas antes, Sam fez mais com menos. Deixando o escudo intacto, realizou apenas pequenas porém precisas incisões nas laterais da estrela. Isto manteve a associação com o escudo do time, mas deixou a estrela com mais significados, através de um amálgama de caracteres chineses. De certa forma, ele estava representando simultaneamente os caracteres 大 (que significa "grande" e pronuncia-se *dà*) e 火 ("fogo", pronunciado *huó*) no formato de uma estrela. Desta forma a estrela do escudo poderia ser "lida" tanto como "grande", como "fogo", ou mesmo como "grande fogo" (Fogão!). Em um país onde as estrelas abundam, a torcida sino-botafoguense teria a distinção de uma estrela única, verdadeiramente solitária.

Em 12 de setembro de 2009, data de seu aniversário de 8 anos, a torcida organizada Xangai Fogo apresentou publicamente seu primeiro símbolo oficial. Os dois maiores jornais de língua inglesa do país, *China Daily* e *Shanghai Daily*, publicaram reportagens sobre o "belo e respeitoso" redesign chinês para o escudo de futebol mais bonito do mundo, que seria usado pela maior torcida de um time de futebol estrangeiro no país.

Nos anos seguintes, pesquisas do jornal *Lance!*, do Instituto Ibope e da consultoria curitibana Pluri realizadas entre 2010 (quando o Glorioso venceu o Campeonato Carioca) e 2012 (quando foi vencedor invicto da Taça Rio) apontam a torcida brasileira do Botafogo de Futebol e Regatas com 3,86 milhões de integrantes.

Somados aos 618,83 milhões de chineses da Xangai Fogo (em números de 2009), chega-se a 622,69 milhões de torcedores.

Indiscutivelmente, a maior torcida de futebol do planeta ostenta a Estrela Solitária do Botafogo.

Grande 大 Fogo 火

Epílogo

Entre 2006 e 2012 vivi na China, onde colhi a maior parte das informações apresentadas neste livro, chegando a presenciar algumas da situações relatadas nos últimos capítulos. Em Xangai – onde morei em frente à pracinha das aulas de tai chi chuan de Ping Hu – integrei por quatro anos o corpo docente de uma universidade internacional para alunos chineses. Éramos cerca de cem professores, oriundos dos cinco continentes, lecionando em inglês para mais de 3.000 alunos de toda a China e de países da região Ásia-Pacífico, como Indonésia, Malásia, Cingapura, Rússia e Nova Zelândia, além de um ou outro *laowai* (de países como Suíça, Espanha, México, Equador e mesmo do Brasil) cujos pais ocupavam cargos nas várias multinacionais com filiais ou sede em Xangai. Nosso Departamento de Comunicação Visual — composto pelos cursos de Design Gráfico e Mídia Interativa — tinha trinta professores de mais ou menos vinte nacionalidades diferentes, criando uma experiência fantástica de aprendizado e troca não apenas para os alunos, mas principalmente entre nós.

Uma parte importante desta integração multicultural foi a "banda de rock residente" do departamento. Cerca de um ano antes da minha chegada, um dos professores de *Video & Audio Techniques* e *Interactive Media Design*, o australiano Joel Louie, iniciou o conjunto The Clavells com outros integrantes do departamento. As descompromissadas *jam sessions* logo viraram divertidas apresentações em bares, pubs e pequenas casas de show da cidade. Após o retorno de Joel a Perth (para seu doutorado, que envolvia pesquisa em composição musical utilizando os Gameboys originais da Nintendo), a banda alterou um pouco sua formação e, de forma mais radical, seu nome: foi rebatizada como House Special Sucking Pig Combo, um bizarro resultado do tradutor automático do Google visto em um cardápio local. Em ambas encarnações, eu ocasionalmente subia ao palco para cantar canções já pertencente ao seu repertório de covers, originalmente intrepretadas por Lou Reed, David Bowie e Led Zeppelin. Um dia, o alemão Enno Hyttrek me disse que estava querendo incluir no *set list* uma canção brasileira que o fascinara, e me perguntou se eu estaria interessado em cantá-la. "Não sei do que se trata, mas tem uns vocais lindos na abertura, uma guitarra psicodélica, e no final uma levada que parece blues e rap", me explicou entusiasmado. Foi assim que passei a fazer os vocais de "Metamorfose ambulante", de Raul Seixas, na China.

No início de 2009 nos apresentamos em um bar chamado BeeDees, localizado na DaGu Road, uma conhecida ruazinha repleta de restaurantes e lojas de DVD piratas. Era inverno, e fui vestindo um casaco preto da Fila com o escudo do Botafogo por cima das camadas de camisas e da grossa suéter de lã. Além de Enno na guitarra, a banda contava naquela noite com o italiano Gianpietro Veronese (torcedor do também alvinegro Udinese Calcio, e por isso, *un fratello*) no baixo, o inglês Martin Kettlewell na bateria, e o sueco Petter Eldin tocando gaita aqui e ali. Enno e Gian dividiam os vocais, deixando o inglês Andy Lawrence, o sulafricano James Wilcock e eu a cargo das participações especiais: "Metamorfose ambulante" (eu), "Waiting for my man" (Andy) e, fechando o show, "D'yer Mak'er" (James e eu).

Após cantar minha parte, desci do pequeno palco e fui até o balcão tomar um cerveja Tsingtao, enquanto aguardava Andy fazer o mesmo para ficarmos papeando. No meio da barulhada (a "Metamorfose ambulante" seguia-se "Undone", do Weezer), escutei uma voz com forte sotaque estrangeiro dizer em (esforçado) Português:

— Essa *cançon* me faz lembrar muito de Brasil, *oubrigadou* por *sharing it*.

Me virei e um redondo senhor de meia idade sorriu e apertou minha mão.

— Me chamo George. Eu com meu família habitamos o Rio de Janeiro, ano 1992 *until* 1996.

E apontando o escudo do Glorioso no lado direito do peito do meu casaco completou com um sorriso:

— Eu sou *Botafogou*!

Puxei uma cerveja para ele, que me contou que nos anos que trabalhara na filial brasileira de uma empresa alemã de elevadores, seu filho Daniel, então com 9 anos, estudara na Escola Britânica, no bairro de Botafogo, e se tornara sócio do clube homônimo, onde praticou natação e futebol. Adotaram não apenas o Botafogo de Futebol e Regatas, mas também a Escola de Samba Acadêmicos do Salgueiro, campeã no primeiro carnaval que passaram no Brasil. Animado por falar Português depois de vários anos sem contato com o idioma, cantou parte do samba enredo de 1993: "Explode *coraçon* no *maiorrr* felicidade, lindo meu Salgueiro *lá-lá-lá-lá-lá* essa cidade"!

Tomamos outra cerveja enquanto lhe contava sobre a Xangai Fogo, perguntando se eles gostariam de assistir um jogo juntos com os sino-botafoguenses. Porém seu filho não morava na China.

— Danny, trabalha hoje em dia em Polônia como professor de Inglês, mas mesmo depois muitos anos, é um *botafoguista*, adora *Botafogou*! Ele dois *paixón*: primeiro, Liverpool, naturalmente. Em dois, *Botafooogou*!

Tomou um gole de sua Tsingtao e completou, com outro largo sorriso:

— Assim como John Lennon.

Achei que não havia escutado direito. *O* John Lennon, dos Beatles?, perguntei.

— Sim, confirmou ele. John Lennon de Beatles. Ele mesmo cidade que eu, Liverpool, e também *botafoguista*. Você sabe que sua álbum *Walls and Bridges* tem *cover design* por causa de *Botafogou*?

Lembrei-me de ter lido algo sobre isso na internet: a capa deste disco solo do ex-Beatle é o desenho de uma partida de futebol feito pelo próprio John Lennon em 1952, com 11 anos de idade. Alguns blogueiros defendiam que por se tratar de um time de listras preto-e-brancas e outro de vermelho, estaria retratando uma partida do América Futebol Clube contra o Botafogo, time de coração do inglês. A justificativa, publicada em redes sociais e blogs esportivos, era risível: sugeria que o pequeno Lennon se encantara com o Glorioso ao escutar pela BBC a transmissão de suas partidas internacionais — o que dificilmente aconteceu — e que o jogador de camisa 9 seria o segundo maior goleador da história do Alvinegro, Carvalho Leite — embora este tenha parado de jogar dez anos antes, em 1942, quando Lennon usava fraldas. E além de 1952 não ter rendido grandes vitórias para o Botafogo, a final do campeonato inglês daquele ano acontecera entre o alvinegro Newcastle United F.C e

John Lennon June 1952 AGE 11
Walls and Bridges
Football

o Arsenal F.C., que vencera de 1 x 0 usando camisas de torso vermelho e mangas brancas, tal qual Lennon desenhara.

Mas se tudo indicava ser este apenas um *hoax* da internet brasileira, como esta especulação teria chegado a George? Expliquei-lhe que nada batia na história que lera e ele soltou uma gargalhada.

— Sim, sim, esta ideia maluca *Botafogou and* América! É Newcastle *and* Arsenal sim! Mas a *cover design* não é *botafoguista* por isso, é homenagem a *Botafogou* por outra motivo.

George pediu ao barman outras duas Tsingtao geladas e em seguida me contou esta fantástica história, que jurou ser verdade. Como envolve o Botafogo e a China, encerro o livro com ela, sem poder no entanto corroborar sua veracidade. O relato a seguir tem como base o que ouvi naquela noite. Tomei apenas a liberdade de corrigir ou inserir datas mais precisas, acrescentar informações que contextualizassem alguns dos fatos, e filtrar o sotaque do George.

May Fung Yee Pang nasceu em Nova York em outubro de 1950, filha de imigrantes chineses. O pai de Pang May chegara nos Estados Unidos em 1947, e sua esposa juntara-se a ele cerca de um ano depois, com a filha de oito anos do casal e um menino de dois que adotara. A família morava na região leste do Harlem, habitada principalmente pela comunidade latina, onde possuía uma lavanderia. Além de sofrer em casa com os ciúmes dos irmãos, Pang May não era aceita pelos latinos — seus pais eram uma das duas únicas famílias asiáticas do bairro — nem tampouco pelos chineses — por não ter nascido na China nem morar em Chinatown. Por passarem desapercebidos no bairro chinês, sua família passava o tempo que podia lá, com Pang May sempre grudada em seu radinho, escutando o recém nascido rock'n roll.

Após terminar a faculdade, em 1970, foi trabalhar como recepcionista no escritório do produtor Allen Klein na gravadora ABKCO Records. Na época representando os ex-Beatles John Lennon, Ringo Starr e George Harrison, Klein instruiu a jovem de 20 anos a auxiliar o casal John Lennon e Yoko Ono na produção e divulgação de seus filmes experimentais *Up Your Legs Forever* (70 minutos de 367 pares de pernas de homens e mulheres) e *Fly* (25 minutos de uma abelha passeando sobre uma mulher coberta de mel). Apesar dos fiascos comerciais, a moça causou boa impressão no casal, que a contratou como assistente particular a partir de agosto de 1971, quando se mudaram definitivamente de Londres para Nova York. Naquele ano, Pang May coordenou exposições e filmes de Yoko Ono, além de festas que incluíam convidados como o artista pop Andy Warhol, o produtor Phil Spector e a socialite Jacqueline Kennedy Onassis.

Pouco antes do Natal, Pang May passeava por Chinatown, quando viu na vitrine de uma loja do Exército da Salvação um casaco militar que lhe chamou a atenção. O casaco tinha no ombro esquerdo um escudo — com uma estrela branca e o desenho da cabeça de um índio — que lhe era familiar, embora não conseguisse precisar de onde o conhecia. Uma pechincha, levou-o para o patrão, guardando-o em seu armário.

O ano seguinte não começaria exatamente generoso para os Ono Lennons. Ao intensificarem suas manifestações pacifistas e críticas a Guerra do Vietnam, atraíram a preocupação do Governo Nixon, passando a serem investigados pelo FBI e ameaçados de deportação. Seu álbum *Some Time in New York City*, lançado em junho, não fora bem recebido nem pelo público nem pela crítica. No final de agosto participariam do show beneficente *One on One* no Madison Square Garden, ao lado de Roberta Flack, Stevie Wonder e outros artistas, e isto estava deixando Lennon ansioso, pois havia anos que não se apresentava em um show de longa duração.

"Que índio legal!", exclamou ele ao achar o casaco em seu armário, onde a assistente colocara meses antes. Vestiu-o, caiu bem, resolveu dar uma volta pela rua. Quando passou pela sala de estar, Pang May estava no sofá repassando a agenda semanal do casal, e comentou sorrindo:

— Até que enfim você o está usando. Gostou?

Ele respondeu que sim. "É coisa sua? Eu devia saber!", disse, convidando-a em seguida para almoçar como agradecimento. Pang escolheu o tradicional Nom Wah, em Chinatown, uma das regiões da metrópole cosmopolita onde Lennon certamente não seria reconhecido. Ao sentarem, um dos atendentes apontou alegremente para o escudo enquanto lhes servia chá:

— *Bokafuge! Hen hao, pengyou*!

Pang May pergunta ao atendente o que era o escudo. Ele lhe explica, e ela a Lennon:

— Ele disse que é de um time de futebol, mas que não é um time chinês. Parece que seu falecido pai torcia por ele, mas não sabe dizer de onde o time é.

Lennon se encantou com a história: um uniforme militar com um escudo de futebol? Imediatamente imaginou dois exércitos oponentes deixando armas e uniformes de lado para se metamorfosear em times de futebol. Esta sim seria uma bela mensagem pacifista.

Milhões de chineses e brasileiros por todo o planeta se espantaram quando o vídeo *Live in New York City*, lançado postumamente em 1986, mostrou John Lennon vestindo uma jaqueta com o escudo do Botafogo. As apresentações vespertina e noturna que ele fez no Madison Square Garden em 30 de agosto de 1972 seriam o único show completo, ensaiado e apresentado ao vivo, de sua carreira solo, e a última vez que tocou ao lado de Yoko Ono e da banda Elephant's Memory.

O escudo no casaco de Lennon na realidade pertencia à 2ª Divisão

JOHN
LENNON
LIVE
IN
NEW YORK
CITY

AMERICA

de Infantaria do Exército dos EUA, formada na França em outubro de 1917 como parte da Força Expedicionária Americana enviada à Europa para combater os alemães na I Guerra Mundial. A Divisão Warrior, também conhecida como Indian Head, participou de combates nos dois conflitos mundiais e nas Guerras da Coreia e do Iraque (2003-2011). Desde 1965, a divisão permanece na tensa fronteira com a Coreia do Norte, como parte das forças americanas que dão apoio ao exército sul-coreano.

O escudo, supõe-se, teria origem no concurso promovido entre os próprios soldados para criar um símbolo que identificasse os caminhões da unidade. Não totalmente satisfeito com o resultado do certame, o coronel responsavel decidiu combinar os dois primeiros colocados: a cabeça de um índio — *the native American* — e uma estrela branca.

Após a Guerra, a estrela com o índio foi inserida em um escudo de formato suíço, semelhante ao que o personagem dos quadrinhos Capitão América — aquele com uma grande estrela solitária no peito — usava quando foi criado por Joe Simon e Jack Kirby em 1940 (e que é baseado em uma pintura à óleo que está na St. Paul's Chapel, em Nova York, desde 1786). O escudo da Indian Head possuía fundos de diferentes cores, representando as diferentes unidades da Divisão, e só ganharia suas dimensões, cor e proporções atuais em 1943, quando a Divisão entrou em ação na II Guerra Mundial.

Em 1973, Yoko Ono decidiu dar um tempo no casamento e propôs a Pang que namorasse Lennon. Além do inglês já ter mencionado que a achava sexualmente atraente, a japonesa sabia que o marido iria acabar se envolvendo com alguém, então que fosse alguém que ela conhecesse, a assistente. Chocada, a jovem protestou, resistiu, mas acabou cedendo. Alguns meses depois, John Lennon e Pang May partiram para a costa oeste dos Estados Unidos, onde ficariam pela maior parte dos 18 meses de namoro.

Este ano e meio separado de Yoko Ono é considerado por muitos como o período mais produtivo da carreira solo de Lennon. Pang alugou uma casa na praia de Santa Monica para eles e outros amigos músicos (entre eles o ex-Beatle Ringo Starr) viverem e trabalharem, e o estimulou a se reaproximar de amigos e parentes. Segundo pessoas próximas, seu álbum *Walls and Bridges* de 1974 foi assim batizado por Pang ter posto muros (*walls*) abaixo e erguido pontes (*bridges*) entre John e duas referências importantes em sua vida: além de fazer as pazes com Paul McCartney (que acabaria usando a idéia dos exércitos interrompendo uma batalha na noite de Natal para confraternizarem em um partida de futebol no vídeo de *Pipes of peace* de 1984), Lennon se reencontrou com seu filho de 11 anos, Julian, a quem não via há quatro anos. John incluiu uma participação do garoto tocando bateria em *Walls and Bridges*, e decidiu também colocar como imagem principal da complexa capa que o designer Roy Kohara estava criando — com dobras e imagens sobrepostas compondo outras imagens — um desenho feito por ele, na mesma idade que seu filho então tinha, como uma forma de criar um elo (ou outra *bridge*) entre os dois. Só precisaria escolher um dos muitos desenhos de infância que havia guardado.

Um dos convidados de *Walls and Bridges* foi seu conterrâneo Elton John. Neste disco eles gravariam o dueto *Whatever Gets You Thru The Night*, que seria o único compacto solo de Lennon a alcançar o primeiro lugar das paradas americanas. Elton John não era apenas um grande entendido de futebol: torcedor fanático do Watford Football Club de Hertfordshire, compraria o clube em 1976, tornando-se seu diretor. Só o venderia em 1987, quatro anos depois de levá-lo da quarta à primeira divisão do campeonato inglês, e mesmo assim manteve-se como presidente vitalício.

No segundo dia de gravação de *Whatever Gets You Thru The Night*, Lennon chegou vestindo sua jaqueta militar. Ao ver a insígnia da Indian Head, Elton John imediatamente identificou o escudo do Botafogo de

Futebol e Regatas ("*but why the bloody indian, Johnny?*"). Pang mencionou o que o garçom chinês em Nova York lhes havia dito, e Elton contou ao casal o que sabia do Botafogo: que era o time praticamente responsável pelas conquistas brasileiras do campeonatos mundiais de 1958 e 1962 com um *brilliant* jogador de pernas tortas.

Lennon se divertiu ainda mais com esta nova informação: "Imagine só: um casaco militar americano, com o escudo de um time de futebol brasileiro, que é popular entre os chineses!". Quando Elton lhe disse que o uniforme deste time possuía listras pretas e brancas, Lennon se lembrou do desenho que fizera de uma partida de futebol — e não é que seus jogares pareciam ter pernas tortas?

— E por issou, concluiu George enquanto finalizava sua cerveja, é que John Lennon coloca desenho de United *and* Arsenal na *album cover*: homenagem a Garrincha. Eu acho que se ele conhece Garrincha antes, se assiste Garrincha jogando, ele coloca Garrincha também na *cover* de *Sgt. Pepper's Lonely Hearts Club Band*.

George ajeita seu cachecol, apertamos as mãos e ele desaparece na gélida noite xangainesa. Eu peço outra Tsingtao.

结束

希予以协助于
持此执照者"

Créditos

O autor gostaria de agradecer a seus enteados Aline e Paulo Vitor Belmok pela contínua assistência com a checagem de nomes chineses e traduções durante as diversas fases deste livro. 我爱你们.

Agradecimentos especiais a Roby Porto pelo prefácio e aos autores alvinegros das ilustrações produzidas especialmente para esta edição: Felipe Muanis, pelo jovem Ping Li dos anos 1930, trajando o uniforme do Nanking Football Club (p.2); Pedro Porto, pelo Ping Li de 1949 (p.25), segundo descrição de João Saldanha; Carlos Porto, pelo Ping Hu de 2001 (p.76), ano da fundação da Xangai Fogo; e Victor Marcello, pelo Centro de Exposições de Xangai em todo seu glorioso esplendor (p.67).

A ilustração do Cine Cathay (p.10), bem como todas as fotos nas páginas 61 e 62, são do autor, cujo acervo inclui também as ilustrações *O Marco Glorioso na Vida Desportiva do Brasil* (p.6), de 1943, e o Tintim cercado por estrelas alvinegras (p.90) de uma edição chinesa pirata de 1984 d'*O lótus azul* original de 1936, de Hergé.

O cartaz *Treino Para a Construção da Grande Pátria Socialista* (p.4), de Song Weimin, integra o acervo do Shanghai Propaganda Poster Art Center.

As fotografias de David Crow, de Manoel Gonçalves Ferreira, do Nanking Football Club (p.15) — todas de autoria desconhecida, circa 1931-1935 — e os exemplares de 1957 do jornal *Beijing Ribao* com as notícias da gloriosa conquista do Campeonato Carioca (p.33) e de que João Saldanha tornara-se técnico do Botafogo (p.36) integram o acervo da Xangai Fogo.

A foto dos chineses tomando conhecimento do resultado do Mundial da Suécia em 1962 (p.39) – sem créditos além de um carimbo da agência governamental de notícias Xinhua – e o mascote Biriba retratado em *papercut* (p.36), circa 1950, integram o acervo particular do jornalista e escritor Liu Zhongxian.

Não, não é erro, nem você se atrapalhou na contagem: este livro pula do terceiro para o quinto capítulo pois o número 4 dá azar na China e com estas paradas é melhor não brincar.

O cartaz que retrata pessoas replicando as notícias do Botafogo em *dazibaos* pelos muros de Pequim (p.33), de autoria do Grupo de Pintura Coletiva Revolução Cultural e publicado em 1976 pela 上海人民出版社 Editora do Povo de Xangai, integra o acervo da Chinese Posters Foundation.

As fotos das pessoas se inteirando das notícias do Botafogo pelo mural do jornal *Beijing Qingnianbao* (p.33) e dos bottons da série Estrela Solitária de Mao Zedong (pp.3 e 39) são de Mark Gayn e integram o acervo da Thomas Fisher Rare Book Library da Universidade de Toronto.

A imagem do auditório onde aconteceu o discurso do vice-presidente João Goulart em Pequim em 1961 (p.33) é um *frame* do curta-metragem produzido pelos Estúdios Centrais de Notícias e Documentários da República Popular da China.

As imagens das páginas 48 e 50 são *frames* do filme *Kung Fu Hustle* © 2004 Sony Pictures/Columbia TriStar.

O escudo da Xangai Fogo (p.71) é de autoria de Sam Moon, com a colaboração do autor.

Legendas das fotos da página 74, de cima para baixo e da esquerda para a direita: a banda House Special Sucking Pig Combo, com Andy Lawrence, Bruno Porto e Enno Hyttrek (em foto de Armin Stelljes); Bruno Porto & Joel Louie, e Martin Kettlewell em um show da banda The Clavells (ambas as fotos de Garth Mc Intosh); Gian Veronese (foto de Armin Stelljes);

e a banda The Clavells com Petter Eldin, Fredrik Jönsson, Martin Kettlewell, Joel Louie & Chris Goss (em foto do autor).

As capas dos álbuns *Walls and Bridges* © 1974 Apple Records (p.79) e *Live in New York City* © 1986 Parlophone/EMI Capitol (p.82) são assinadas pelo diretor de arte Roy Kohara. A ilustração do primeiro álbum é de John Lennon, que teria utilizado como modelo uma foto (p.79) da final da *Football Association Challenge Cup* de 1952 entre o Newcastle United F.C e Arsenal F.C. (de autor desconhecido). As fotos do show One on One (p.82) de 1972, usadas no segundo álbum, são de John O'Brien.

As imagens das insígnias da 2ª Divisão de Infantaria do Exército dos Estados Unidos (p.82) são de autoria desconhecida. Na mesma página há também detalhes da história em quadrinhos *Meet Captain America* por Jack Kirby © 1940 Marvel Comics Group, e da pintura *Great Seal of the United States*, datada de 1785-1786 e de autoria desconhecida.

O retrato do autor (p.94) é do fotógrafo botafoguense Nick El-moor, feito no bar Só Drink's em Brasília. Já as fotos do autor quando jovem (p.95) – em 1973 no colo do pai em seu apartamento no bairro de Botafogo, e em 1978 ao lado de seu irmão João Diniz em Marechal Hermes – foram feitas por seus pais.

Editado pelo alvinegro Julio Silveira no Rio de Janeiro, este livro foi composto em Brasília em abril de 2014 utilizando as famílias tipográficas Ninfa Serif (2011, dooType), de Eduilson Wessler Coan, e Directa Serif (2013, Outras Fontes), de Ricardo Esteves, além da fonte chinesa Hei (2002).

Bruno Porto é carioca de 1971 e botafoguense de berço. Influenciado por seu pai, o arquiteto Carlos Porto – autor do projeto do Estádio Olímpico João Havelange, o Engenhão – entrou em campo ao lado de Perivaldo da Pituba, Ubirajara Rangel, Luisinho Tombo e outros integrantes do lendário Time do Camburão na partida inaugural do Estádio Glorioso de Marechal Hermes, em 22 de outubro de 1978. Como tinha apenas 7 anos, não jogou. Em compensação, tornou-se um dos dois designers brasileiros incluídos entre os 70 nomes da enciclopédia *The Sourcebook of Contemporary Graphic Design* (Harper Collins, 2009), tendo trabalhos expostos nas Américas, Ásia, África e Europa, e em mais de quarenta publicações internacionais. Autor de artigos e livros de design, já escreveu sobre o incomparável escudo do Botafogo de Futebol e Regatas nos livros *Botafogo – 101 anos de histórias, mitos e superstições* (Ed. Revan, 2005) e *Botafogo: O Glorioso* (Editora Leitura, 2009) de seu tio Roberto Porto. Professor desde 1996, lecionou no Rio de Janeiro e em Xangai – onde viveu entre 2006-2012 – e atualmente coordena o curso de Design Gráfico do Centro Universitário IESB em Brasília.

P853

Porto, Bruno [1971—
Como o Botafogo conquistou a China / Baseado em fatos verossímeis — Rio de Janeiro : Ímã editorial, 2014, 96 p. : il ; 18 cm.

ISBN 978-85-64528-57-4

1. Botafogo de Futebol e Regatas - História. 2. Futebol – Rio de Janeiro. 3. Futebol - Torcedores - China - História. I. Título.

CDD 796.3340
CDD 796

Ímã Editorial I Livros de Criação
www.imaeditorial.com

Edição J 2.0, junho de 2016